一途なCEOは２度目の初恋を逃がさない

加地アヤメ

Illustration
緒花

gabriella plus

一途なＣＥＯは２度目の初恋を逃がさない

contents

gabriella plus

イラスト／緒花

一途なCEOは
2度目の
初恋を逃がさない

プロローグ

まだ肌寒さが残る二月の中旬。

学校からの帰り道を、横並びでゆっくり歩く二人の高校生がいた。

「――そっか、第一志望受かったんだ。よかったね、すごく頑張ってたもんね」

「うん。ありがとう」

喜ぶ女子高生に対し男子高生は冷静さを保ったまま、自分よりも背の低い彼女に温かい視線を送る。

地元にある専門学校への進学を早々と決めた彼女とは違い、優秀な彼は遠方の有名大学に合格。

部活を引退してから、彼がずっと勉強を頑張っていたことを彼女は知っている。だから余計、彼の合格を我がことのように喜んだ。

「私が受かったわけじゃないけど、嬉《うれ》しいな……あ、そうだ。合格祝いに何か欲しい物とかある？」

彼女が何気なく言うと、彼の顔が一瞬真顔《まがお》になった。

「欲しい物？」

「うん。……あ、でも高価なものは無理だけど！」

彼女が慌てて手を左右に振ると、彼がクスッと笑う。

「大丈夫。お金はかからないから」

「え？」

その呟《つぶや》きに反応して彼女が彼を見上げると、彼は真剣な表情で彼女を見つめていた。

「向こうに行く前に……一日だけでいいから、俺と一緒に過ごしてくれない？」

そういった答えが返ってくるとは思わなかった彼女は、一瞬目を丸くする。

「……え？　それでいいの？」

「うん。それがいいんだ」

小さく頷《うなず》きながら、彼は彼女を見て柔らかく微笑《ほほえ》む。それを見た彼女は笑顔になり「わかった」と快《こころよ》く首を縦に振った。

それが後々《のちのち》、自分を大きく悩ませることになるとも知らずに――

第一章　嬉しくないプロポーズ

「よし、これで片付けは終わりっと」

荷物が入っていた段ボール箱を纏《まと》め終えて、やっと一息つける。

私――砂子《いさご》十茂《とも》は、二十八歳の誕生日を迎えた本日、実家を出て一人暮らしを始めた。

ずっと一人暮らしをしたいと思いながらも、きっかけが無くてなかなか決断できずにいたのだが、ある出来事によりトントン拍子で家を出ることが決まった。

というのも、このたび姉の私よりも先に結婚した弟が、嫁と一緒に実家で同居をすることになったからだ。

別に弟や義妹との仲が悪いわけではない。いやむしろ良好。それなのになぜ私が家を出ることを決めたのかというと、我が家の家族構成と家の延《の》べ床《ゆか》面積が原因だ。

何しろうちは両親二人に子供が四人の六人家族で、家は４ＬＤＫ。あきらかに部屋が足りてない。

これまでは長女である私と次女が、八畳の部屋を半々で使用しどうにか暮らしてきた。

しかし、その八畳の部屋を弟夫婦に明け渡すことが決まったときに、私は思った。これ以上窮屈になるのなら、いっそのこと私が家を出ようと。

そう思ってからの行動は早かった。さっさと不動産屋に行き、めぼしい物件をいくつかピックアップ。その中から職場へ徒歩で通うことができるマンションを選び、引っ越し当日を迎えた。

せっかくなのでこの機会にだいぶ荷物を減らした。お陰で新居となるワンルームマンションの中は、必要最低限の家電の他にベッドとテーブルと、本が入ったカラーボックスが一つだけという物の少なさだ。といっても生活していくうちにまた物は増えるだろうけど。

片付けが終わったので、今度は挨拶をするため菓子折りを手に部屋を出る。階下の住人と、左隣に挨拶を済ませ、最後に残ったのは右隣の部屋。

「隣に越してきた砂子と申します。ご挨拶に伺《うかが》いました」

インターホンに向かって、トーン高めの声で語りかけると、向こうから『はい、今行きます』という男性の声がした。

——お隣さんは、男性か……

声の感じは若そうだった。ということは同じくらいの年の人かな。

そんなことを考えていると、目の前のドアが静かに開いた。

「はい……」

姿を現したのは、ぱっと見二十代後半から三十代前半くらいの、眼鏡を掛けた男性だった。目線が同じくらいなので、身長は私とさほど変わらない。顔はまあまあ、イケメンだった。

——最初の印象、大事。

というわけで長年のサービス業で培《つちか》った営業スマイルを、ここで発揮する。

「はじめまして。隣に越してきました砂子と申します。どうぞよろしくお願いいたします」

笑顔をキープしたまま頭を下げると、相手もそれにつられるように一礼する。

「ごっ、ご丁寧《ていねい》にどうも、小田《おだ》といいます……こちらこそ、よろしくお願いしますっ……」

目の前の男性はなぜか緊張の面持《おもも》ち。なんでだろ、と疑問に思いつつ、笑顔のまま手にしていた菓子折を彼に差し出す。

「これ、よかったらどうぞ」

「あり、がとうございます……」

だが、そう言いつつも彼は菓子折を見ず、私の顔に視線を送り続ける。しかも心なしかぶつけられる視線はやけに熱っぽい。

——……ん？

別に変なことは言っていないはず。なのになぜこの人は菓子折を受け取らないのだ？

困惑のあまり営業スマイルが崩れそうになったそのとき、小田さんがついに口を開いた。

「あの‼」

切羽詰《せっぱつ》まったような小田さんの剣幕《けんまく》に、つい体がビクッとしてしまう。

「は、はい？」

「……あ、あのっ……僕と結婚してください‼」

思いがけない出来事に、私は菓子折を差し出したままフリーズした。

「……は？」

こう喉《のど》から絞り出すのが精一杯だった。

「初対面でこんなことを言うなんて自分でもおかしいのはわかっていますっ、でも本気です！

ぼっ、僕と結婚してください‼」

ぽかんとする私など眼中に無いとばかりに、告白した勢いのまま彼が私に向かって手を伸ばしてきた。おそらく手を握ろうとしたのだろう。が、私は自分でもびっくりするくらい俊敏にそれを避《よ》けた。なんだかよくわからないけど、避けろ。体がそう勝手に判断したからだ。

「……っ、いやいや、いやいやいやいやいや‼　なんで⁉　そんなの無理ですよ‼」

激しく首を横に振ると、小田さんも同じく小刻みに首を振る。

「でもっ、本気なんです！　昼間引っ越し作業しているあなたを見たとき、雷《かみなり》に打たれたみたいな衝撃が走って、胸が苦しくなって……こんなの初めての経験なんです、一目であなたに恋をしてしまったんですっ‼」

情熱的……いや、突発的な愛の告白に戸惑《とまど》い、営業スマイルは完全に崩れた。

「恋って‼　何言って……‼」

——私達、今が初対面でしょ？　昼間なんか会って……ん？　昼間……？

引っ越し作業中のことを思い返してみる。記憶はおぼろげだが、作業の途中昼食の買い出しに行ったときに住人の男性とすれ違ったような気がする。

もしかしてあれか？

だけどすれ違っただけの私のどこに彼が惚《ほ》れる要素があったのか。

背中の真ん中まである髪をラフに纏め、首にタオルを巻き汗だくになって作業していたその姿のどこに惚れられる要素があるのだ、私が男なら絶対惚れない。

そう思いながら、私は首を傾《かし》げる。

でも今はそれをはっきりさせるより、なんとかしてこの状況を脱する方が先だ。

「恋って……だからっていきなり結婚してなんておかしいですよ⁉　お互いのこと何も知らないのにっ」

さっきより少し冷静になり、なんとか相手に納得してもらおうと対話を試みる。だけど相手はまだ、さっきまでの勢いを失っていない。

「じゃ、じゃあ、僕のこと話します‼　だから結婚してください‼」

無駄だった。

——ちょ……全然話が通じないんだけど……！

ちゃんと話してわかってもらわなくては。でも今は相手もかなり興奮しているようだし、冷静に話をするのは無理そうだ。

だとしても、今の私の意思だけは、はっきり伝えなければいけないと思った私は、眼力《めぢから》を籠《こ》めて小田さんを見る。

「とにかく、交際も結婚も無理ですっ‼　ごめんなさい‼」

「あっ……」

素早く菓子折を小田さんの足下に置き、何か言おうとしている彼の姿は視界に入ったけど、それを無視して強引にドアを閉めた。

そして一目散に自分の部屋へ戻った私は、急いでドアに鍵をかけ、ふらふらとベッドまで歩いていきそのままバタンと倒れ込んだ。

——もう、なんなの……！

人生初のいきなりプロポーズに、まだ胸のドキドキがおさまらない。ちなみに、ときめいているわけではない。突然の出来事に頭がついていかないのと、恐怖でだ。

女性ならば、人生で一度くらい情熱的に愛の告白をされたい、なんて思うことがあるかもしれない。ただしそれは、相手が意中の男性かイケメンに限る、と常々思っていた。しかし、今日新たにわかったことがある。

——たとえ相手がイケメンだったとしても、いきなりのプロポーズは怖すぎる……‼

引っ越し初日にこんなことが起こるなんて全く想定外で、明日からどう生活すればいいのか。文字通り頭を抱えた。

というわけで、待望の一人暮らしは最悪なスタートを切ったのだった。

＊

引っ越しから数日後の夜。私は二人の友人と、新居からほど近いイタリアンレストランにいた。

「十茂、二十八歳の誕生日おめでとう‼」

「ありがとう、二人とも……‼」

誕生日を祝ってくれるのは共に高校の頃からの友人、渡会晴樹《わたらいはるき》・恵美《えみ》夫妻。特に妻の恵美は高校生の頃から親しくしている大親友だ。

恵美と晴樹は高校を卒業し数年後に再会し、意気投合。二年の交際期間を経て結婚した。

介護職に従事しているいつも穏やかな晴樹と、ネイリストで活発な恵美とは長い付き合いで、すっかり気心が知れた彼らとたまにする食事は、私にとって最高の息抜きとなっている。

「しかもケーキまで……‼　すごく嬉しい、本当にありがとう！」

恵美が店にあらかじめ頼んでおいてくれたのだろう。私が席に着いたのを確認した店のスタッフが、小さなホールケーキを持って来てくれた。

生クリームが綺麗《きれい》に塗られたケーキには長めのロウソクが三本立てられ、ホワイトチョコのプレートには「とも、たんじょうびおめでとう」というデコレーションがなされている。

可愛《かわい》らしいケーキと、友人達の優しさに頬《ほお》が緩む。

――とんだ二十八歳の幕開けだったけど、今、この瞬間は幸せ……!!

最高に良い気分のまま美味《おい》しい料理やシャンパンに舌鼓《したつづみ》を打つ。しばらくして程よくアルコールが回ってきた頃、思い出したように、あ、と恵美が身を乗り出してくる。

「そうだ、隣人!! いきなりプロポーズの隣人どうした!?」

その途端、私のテンションが、ガクンと落ちた。

――恵美……今、それを言うか……

恵美には数日前に話していたので、夫である晴樹もこのことは聞いているのだろう。さすがに彼女のように笑顔ではないが、彼も興味深そうに私の口から語られるのを待っているようだった。

楽しいムードから現実に引き戻された私は、恵美をじろりと睨《にら》み付けた。

「もー!! せっかく忘れてたのに……」

これにはさすがに彼女も申し訳なさそうに肩を竦《すく》める。

「ごめん。でもこの前聞いたときからずっと気になっててさ。あれからどうした？ 会った？」

　恵美の問いかけに対し、私は大きくため息をついた。

「会ったよ……なんか、待ち伏せとかされててさあ……私の顔を見ると告白してきて、それを断ると今度はじゃあ食事でもどうですか、って誘われるの。断っても断っても遭遇する度にこんな感じだから、もう疲れちゃって……」

　私は真剣に断っているのに、なぜか隣人には伝わらない。それが歯がゆくてもどかしかった。

「それは、キツいわね……」

「キツいよ。なるべく遅番に入れてもらって遭遇しないようにしても、あの人聞き耳立ててるのかな、私が帰ってくると部屋から出てくるんだよ。もう、こんなことがずっと続くと思ったら気が狂いそう」

　私が重苦しいため息をつくと、目の前の二人からも同じようにため息が漏《も》れた。

　私の勤務先はハーブやアロマオイルなどを扱うショップ。そこは商品を販売するだけでなく、オーガニック化粧品やオイルを使い、顔や全身のマッサージを行う女性限定のエステサロンも併設しており、私はそこでエステティシャンとして勤務している。

　店は朝十時開店で閉店時間は午後九時。遅番で入った場合、閉店後片付けやミーティングを行っていると帰宅時間は夜の十時を越えることもある。

　だから遅番なら会わないだろうと予想していたのに、帰って来るのを待たれていてはどうにもならない。

それを思うとまたずーんと気持ちが沈む。こんなに美味しいケーキの味すらぼんやりする。

「……だけど……本当に本気であんなこと言ってきたのかな。実は冗談です、とか言ってきてくれたりしないかな、なんて……」

この呟きに、困り顔の晴樹が反応する。

「普通は結婚してくれなんて、おいそれと口になんか出せないけどな。まあ、俺の場合だけど」

そう言って彼は隣にいる恵美をチラリと見ると、恵美はそんな晴樹に苦笑していた。

「そうだよね～、付き合ってだいぶ経《た》ってからだったもんね。私達の場合」

「じゃあ、やっぱりアレ本気で言ってるの……？」

がっくり項垂《うなだ》れると、すぐに恵美の声が飛んできた。

「あ、そうだ！　彼氏いるって言えばいいのよ。しかも婚約中とか、結婚前提で付き合ってるとか」

「……そんなの、もう言ったし」

「え、それでもダメなの」

「この目で見ないことには信じませんって言われた」

憮然《ぶぜん》とすると、恵美が「あら～……」とばつの悪そうな顔をする。でも、彼女がそんな顔をするのも無理はない。

　今現在、私にはそういった存在はなし。ましてや恋人役を頼めるような男の友人も晴樹くらいしかいないからだ。でもその晴樹だって親友の夫だし、彼氏のフリなど頼めるわけがない。

「も～、どうしよう……引っ越したばっかりなのに～」

　再び頭を抱えていると、晴樹と恵美の囁《ささや》き声が聞こえて来た。

「なあ、あれ……いいかな、話しても」

「……うん……私は良いと思う……」

　――何？

　二人の会話が気になり、顔を上げる。すると晴樹がおもむろに財布を取り出し、そこから名刺を引き抜き私の前に置いた。

「……何？　誰の名刺？」

「名前に見覚えあるだろ。ほら」

　晴樹に促されその名刺に視線を落とす。その瞬間、胸が大きくドキン、と跳ねた。

　見覚えがあるどころではない。それは、忘れたくても忘れられなかった名前。

「……え、ちょっと待って、これ……」

　こちらを見ている二人に動揺が悟られないよう、平静を装いながらその名刺を手に取る。

「そう。同じ高校だった楠木現《くすのきげん》。十茂、仲良かったから覚えてるだろ」

「覚えてるけど……なんで？　晴樹、楠木君と親しかった？」

「俺、あいつと部活同じだったじゃん」

「そういえばそうだったような……」

晴樹も恵美も私も高校の頃は同じクラス。楠木君は同じ学年ではあるがクラスは違う。

それに私が楠木君と親しくなったのは三年生の頃なので、彼と晴樹が同じ部活だったことなどすっかり忘れていた。

「で、なんで晴樹が楠木君の名刺を？」

「それが、先週街で買い物中にバッタリ出くわしたんだ。向こうが声掛けてきてくれたんだけど、昔以上にイケメンで驚いたよ」

「そうなんだ。な、何か話した……？」

彼らがどんな会話を交わしたのかが気になり、つい前のめりになる
「うん。立ったまま少し話したよ。名刺もそのときにもらった。それよりその名刺よく見てみろよ、肩書き！」

「え、肩書き……」

つい楠木現、という名前ばかりに目が行って他の所をしっかり見ていなかった。促《うなが》されるまま名刺に視線を戻すと、そこに書かれていたのは、あまり見慣れない「ＣＥＯ」という肩書きだった。

「……は、ＣＥＯ⁉　ＣＥＯって……あの⁉」

職場で名刺の交換はちょくちょくしてはいるものの、ＣＥＯだなんて肩書きの人物に遭遇することはそうそうない。

――ＣＥＯって……最高経営責任者、だよね……

私が両手で名刺を持ったまま固まっていると、晴樹がすごいよな、と感嘆のため息を漏らす。

「俺も聞いてびっくりだった。大学時代に仲間と立ち上げたアプリ制作の会社が順調に成長してこうなった……ってあいつは笑ってたけど、そんな簡単なもんじゃねーよな。あいつ昔から頭良かったし、やっぱすげーよ」

私から名刺を受け取った恵美も、「すご！」と言ったまま釘付《くぎづ》けになっている。

――そっか、楠木君……さすがだな……

私はぼんやりと高校時代の楠木君のことを思い出す。

ここにいる三人が属していたのは普通科だが、楠木君が属していたのは同じ学年でも理系に秀《ひい》でた生徒の集まりである理数科。

その中でも彼は学力テストで常に上位五番以内をキープするほどの秀才で有名だった。加えて容姿《ようし》端麗《たんれい》でスポーツ万能だったので、周囲から注目を浴びることも多かった。

しかしそれはそれとして、なぜ晴樹はこの場で楠木君の話を出したのだろう？

「で、ここでどうして楠木君が出てくるの？　さっきまでの話と何も関係ないと思うんだけど……」

疑問に思いつつ晴樹に尋ねると、彼は言いにくそうに私から視線を逸《そ》らした。

「いや〜実は楠木と今、交流ある同級生が誰かって話になってさ。そこで俺が十茂の名前を出したら、あいつ急にお前が今どうしてるのかって聞いてくるから、俺、十茂について少し話しちゃったんだ。元気だよ、まだ結婚はしてないし彼氏もいないみたいだって」

ごめん、と晴樹は申し訳なさそうに私に向かって手を合わせる。

「ええ、そんなの話したっていいよ。本当のことだし」

それよりも晴樹の話の続きが気になり、ソワソワしてしまう。

「そしたらさ、楠木が十茂に会いたいって伝えてくれないかって、俺に頼んできたんだ」

「えっ……」

楠木君の思わぬ行動に、胸がドキンと大きく跳ねた。

「俺はお前が楠木のことを今、どう思ってるのかわからないからこの話をするのは慎重になってたんだ。だけどそういった事情ならその……楠木に彼氏役頼んでみるのもアリかなって、思って……」

「はっ⁉」

——楠木君に恋人役って……ちょっと、何言って……

晴樹の言葉に頭が混乱し言葉が出てこない。

そんな私の代わりに、ずっと話を聞いていた恵美が晴樹に聞き返す。

「楠木君恋人いるんじゃないの？　イケメンだったし、恋人どころか奥さんだっていそうだけど……」

この質問に対し、晴樹は素早く首を左右に振った。

「いないって。結婚もしていない。寂《さび》しい独《ひと》り身だよって笑ってた」

「そっか。よかった。結婚してるのに会いたいとか言われたら、『ハア？』ってなるし」

それを聞いて恵美は安心したように頬《ほお》を緩ませる。

でも、私の混乱はまだ収まっていない。

「俺が話してみた感じだと楠木、爽《さわ》やかでめちゃくちゃ感じよかったんだよな。だから無茶《むちゃ》な頼み事でも聞いてくれるんじゃないかなって思ったんだけど。それともやっぱお前と楠木、昔なんかあったの？　だから会いたくない、とか……」

晴樹の鋭い指摘に、さっきとは違う意味でドキッとする。

「えっ⁉　いや、何もないよ！　ほら、向こうは関西の大学、私はこっちで専門学校とバイトの両立で忙しかったから、自然と疎遠になっただけだよ。別に深い理由があるわけじゃ……」

慌ててぶんぶん手を振ると、恵美も晴樹も安堵《あんど》したように柔らかく笑った。

「そうか、それならよかったよ」

恵美も賛同するように頷く。

「私も何回か楠木君のこと十茂に聞いたような気がするけど、そのたびに表情が暗くなるから、聞いちゃいけないんだなって勝手に思ってたんだ。それならせっかくだし、楠木君に彼氏役をお願いしてみれば？」

「えっ……恵美まで！」

「だって、別にわだかまりもないんでしょ？　ならいいじゃん。イケメンだし、ＣＥＯだし‼　相手もこれだけハイスペックな彼氏がいるっていったら、絶対諦《あきら》めるよ」

確かに。そう考えるとなにも反論の言葉が浮かんでこない。

恵美の言うとおり、有名企業の重役という肩書きを持つ人など、私の周りにはいない。それに晴樹の口ぶりからして昔もイケメンだった彼は今もイケメン。そんな男性を前にしたら、隣の『いきなりプロポーズ』住人も納得してくれるのではないだろうか。

彼氏役を頼むのに、おそらくこれ以上の適任者はいない。

――頼めるものなら頼みたい……でも、でも……！

だけど私には、そこで素直にうんと言えない事情があるのだ。

「でっ、でも楠木君、絶対忙しいでしょ？　ほら、私、土日もほとんど仕事だし！　きっと彼とは予定が合わないよ！」

いい感じの言い訳を思いついた。と思ったのだが、すぐに晴樹が「安心しろ」と言わんばかりに笑顔になる。

「大丈夫だって。楠木、時間は融通が利《き》くから、十茂の休みに合わせるって言ってた。ぶっちゃけ、いつでもいいって言ってたし」

「そっ……そ、うなの……」

よかったね、と晴樹と恵美に微笑まれるが、多分私の顔は引き攣《つ》っていたと思う。

――ちょ、ちょっと待って……これってもう、連絡しなくちゃいけない流れになってる……？

「連絡先はその名刺にある携帯でも、裏に書いてある個人用のメールアドレスでもいいっていってたぞ。きっと待ってるだろうから、早めに連絡してやりな？」

困惑中の私に晴樹が笑顔でダメ押しをする。ここまでお膳立《ぜんだ》てされたら、今更会いたくない、なんて二人に言いにくい。

「……わ、わかった。連絡してみる……」

動揺を悟られないよう、二人にはとりあえずこう返事しておいた。

流れで何気なく名刺の裏に書かれていたアドレスを眺めると、その筆跡には確かに見覚えがあった。昔、綺麗な字だと思わず見とれたことがある、あの字だ。

――参ったな……どんな顔して会えばいいんだろ……

彼氏役を頼めるかもしれないのは有り難いが、めちゃくちゃ気が重い。

そんな複雑な気持ちのまま、私は二人にバレないようこっそりとため息をついたのだった。

第二章　気まずい再会

あのあと、さすがにすぐ楠木君に連絡することはできなくて、二日ばかり名刺をテーブルの上に置いたまま放置した。そして三日目。

――さすがにいつまでも連絡しないっていうのは、マズいよね……

名刺を見る度に、そんな思いに駆《か》られて仕方ない。

しかしいきなり電話っていうのは、いささかハードルが高い気がする。それならばせめてメールでと、楠木の個人用メールアドレスにメールを送ってみることにした。

【お久しぶりです、砂子です。名刺受け取りました。ありがとうございます。お元気ですか？】

実に他人行儀な文章だが、他にいいと思えるような文言が浮かんでこない。

――これでいいかな……いいよね、十年ぶりだし。いきなりフレンドリーな文面じゃ向こうも困惑するだろうし……ええい、送ってしまえ！

送信すると、五分としないうちに楠木君からメールが送られてきた。

「早っ‼」

——ＣＥＯって忙しいんじゃないの？　なのになんでこんなに返事早いの⁉

不思議に思いながらメールを開く。楠木君からはメールをくれてありがとうというお礼の言葉と、元気だというメールへの返事。それと、近いうちに会ってもらえないか？　というお誘いの言葉が綴《つづ》られていた。

最後の一文を見た瞬間、今更ながら心臓がばっくんばっくんと大きく音を立て始める。

——ほ、本当に楠木君なんだ……。ど、どうしよう、なんて返事しよう……

もうここまで来たらきっと会うことになる。そう思った私は、緊張しつつ自分の予定を記したメールを返す。するとまた五分と経たずにメールが送られてきて、私の予定に合わせるから会おう、時間は追って連絡するとあった。

メールを送ることさえかなり勇気が要《い》ったのに、意を決しメールをしてから十分程で、意外とあっさり事が進んでしまった。

まさかこんなことになるなんて、数日前は思ってもみなかったのに。

彼に会うと考えただけで緊張してしまい、私はしばらくの間その場から動けなかった。

楠木君との約束当日。私は待ち合わせに指定されたカフェに向かって歩いていた。

久しぶりに会うんだし、変に意識しないようにしよう。そう自分に言い聞かせ、必要以上にめかし込んだりはせず、あくまで普段通りの格好で家を出た。

しかし待ち合わせ場所が近づくにつれ、十年ぶりの再会に緊張感が増し、何度も足が止まってしまう。しかし約束をした以上帰るわけにもいかないので、諦めの心境で歩いていると、あっさりカフェに到着してしまった。

店の看板を見つめて、はあーと息を吐き出し、気持ちを落ち着ける。

――もう行くしかない……。

静かに扉を開け、すぐ近づいてきた店員に待ち合わせであることを伝えると、店員は「こちらへどうぞ」と窓側の席に私を誘導してくれた。

緊張しながら歩いて行くと、案内された席にいる男性が目に入った。

上質そうな明るいグレーのスーツに身を包み、綺麗にセットされた短髪。凛々《りり》しい眉《まゆ》の下には形の良い切れ長の目と、整った鼻梁《びりよう》に綺麗な顎《あご》のライン。死角など無い完璧な顔立ちには、かつての面影がしっかりと残っている。

ある程度想定はしていたけど、ここまでイケメンとは思わなかった。

――く、楠木君……!?

あまりのイケメンぶりに一気に緊張感が増し、彼に近づく足取りが更に重くなる。しかし、そんな私に向こうが気付き、先に声を掛けてきた。

「砂子？」

名前を呼ばれた途端、もっと心臓がうるさくなる。しかしそれを悟られないよう、なんとか平静を装う。

「お久しぶりです、楠木君。あの、ごめん、待った……？」

ぎこちなく尋ねると、彼が柔らかく微笑む。

「久しぶり。いや、俺もさっき来たばかりなんだ。待ってないよ」

どうぞ、と彼に促され彼の向かいの席に腰を下ろす。オーダーを済ませ、持っていたバッグを椅子の脇にあるカゴに入れた後、改めて楠木君を見る。

――楠木君だ……。

まだ緊張はするけど、久しぶりの再会に懐かしさも湧いてくる。

私と同じ現在二十八歳の彼は、当たり前だけど十代の頃とは違う。あの頃もイケメンだと思っていたが、今の彼はそこに成熟した大人の色香が加わり、私が知る十年前よりも男前っぷりが随分上がっている。

――あの頃もかっこよかったけど、今の彼は肩書きからして違う次元に行っちゃった感じだ。男前な上にCEOという社会的地位まで手にした今の楠木君は無敵。そう思ったら変に意識してしまって、なかなか話の糸口が見いだせない。

居たたまれなくて、やっぱり会わなければよかったかも。と後悔し始めたとき、楠木君が先に口を開いた。

「急に呼び出して悪かった。……びっくりした？」

緊張でカラカラに乾いた喉を水で潤《うるお》してから、私は素直に頷く。

「……した。だって十年ぶりだし……しかも楠木君、すっごく出世してるから……」

それに対し彼が苦笑する。

「そうかな。でも中身はあんまり変わってないよ。あの頃のままだ」

「いや、全然違うと思う……」

謙遜《けんそん》のつもりだろうけど、そんなのは嘘《うそ》に決まっている。だったらその全身から醸《かも》し出している大人の男オーラはいったいなんなのだ。昔はそんなのなかったのに。

そう突っ込みたいのをぐっとこらえる。

「でも、会ってくれてありがとう。メールもらったときは嬉しかった」

「ううん、こっちこそ。晴樹に名刺渡してくれてありがとう。びっくりしたけど嬉しかった」

「本当に？」

なぜか真顔で念押ししてくる楠木君に内心首を傾げるが、素直に「うん」と頷いた。

「そうか……」

ホッとした様子で表情を緩ませる彼を見つめていたら、ちょうど私の前にオーダーしたコーヒーが置かれた。

――ああ、もう……何話したらいいのかわからない。

動揺を誤魔化すように即コーヒーに手を伸ばすと、そんな私につられるように、楠木君もコーヒーを一口飲んだ。

お互いに無言になってしまい困惑していると、楠木君が口を開く。

「渡会からちらっと聞いたけど、エステティシャンやってるんだって？」

「うん。専門学校出てからずっとね」

「そうか。早く手に職つけたいってあの頃よく言ってたもんな」

優しい口調で嬉しそうに微笑まれると、なんだかこそばゆい。

居たたまれなくて、すぐに楠木君へ話を振った。

「仕事といえば楠木君でしょ？　いいの？　ＣＥＯが平日の昼間こんなところにいて」

ちらっと彼に視線を送ると、クスッと笑われる。

「指示はちゃんと出してるからいいんだよ。何かあれば連絡が来る」

「そ、そういうものなの？　よくわかんないけど」

「本当に大丈夫だから。気にしなくていい」

久しぶりの楠木君をコーヒーを飲みながらぼんやり見つめる。

昔から彼は言葉尻がとても柔らかくて優しい。加えて形の良い瞳に見つめられると、心ごと吸い込まれそうになる。

そんなところも変わっていない。あの頃もそうだったなあと、昔を思い出して懐かしい気持

ちに浸りたくなる。が、今はそんなことしてる場合じゃない。

――いけないいけない。ちょっと話しただけなのにこんな気持ちになってちゃ……

心の中でぶんぶん首を振り、なんとか平常心を保とうとする。それよりも、なぜ今になって会いたいと言ってきたのか。その辺をはっきりさせなければ。

聞きにくいことだが仕方ないと、私は勇気を振り絞る。

「……あの。それより、私に会って何か話したいことがあったんじゃ……？」

おずおずと楠木君を窺《うかが》う。すると彼は、「ん？」といって口端を上げる。

「そうだね。ずっと砂子に会って聞きたかったこととか、いくつかあるかな」

きた、と身構えていると、楠木君は顎に指を当て軽く身を乗り出した。

「でもその前に。つい先日、君に名刺を渡してくれたお礼をと思って渡会に電話したんだ。そのとき、今君が困っていることを聞いたよ。何、隣の部屋の住人に引っ越し早々プロポーズされたんだって？」

――晴樹～、もう喋《しゃべ》ったのか！

「う、うん……」

あいつ……と晴樹を恨《うら》めしく思っていると、楠木君がため息をつく。

「すごい体験だな」

「だよね……私もそう思う」

まさかいきなりそのことを聞かれるとは思わず、私は狼狽《うろた》え、視線を窓の外に逸《そ》らす。

「で……その相手から逃れるための恋人役を探していると聞いたんだ。それは本当？」

「あ、う、うん、まあ……」

晴樹ったらそんなことまで！　と心の中で拳《こぶし》を振わせていると、楠木君がまっすぐに私を見つめる。

「砂子がよければだけど、それ、俺にやらせてもらえない？」

「え？」

「だから、恋人役」

「ええっ‼　ほ、本当に⁉」

ダメ元でお願いするつもりでいたことを先に言われ、つい身を乗り出す。

「うん。俺、恋人いないし。どうだろう」

本当に恋人いないんだ、と意外に思う。だけどそのことにホッとした。

「どうだろうって……そんな、すっごく有り難いです。正直言うとすごく困ってたし。めちゃくちゃ助かります。ありがとう。でも本当にいいの？」

こんな頼みにくいこと、向こうから申し出てくれるとはなんともありがたい。しかも十年ぶりに再会したばかりなのに。

素直に楠木君に対して感謝の気持ちでいっぱいになる。

「なんでもやるよ。手始めにどうすればいい？　隣の住人に恋人です、と名乗り出ればいい？」

「あ、まだ具体的なことは何も考えてないんだ……」

意外にも乗り気な様子の楠木君に驚きつつ、考える。

恋人役は見つかった。それはいいとして、このことをどうやって隣人に知らせるか。

正面切って相手に紹介すれば話は早いが、それは少々気が引ける。ならば。

「じゃあ、楠木君が時間あるときでいいから、うちに来てお茶でも飲んでってくれないかな」

「……そんなことでいいの？」

「……こんなことしか思い浮かばない……」

頻繁にうちに来てもらえば、向こうもなんとなく気付くんじゃないかなって思ったんだけど……。

私が考え込んでいると、楠木君がクスッと笑ってから「いいよ」と言ってくれた。

「それくらいお安いご用だ。でもやっぱり相手に直接言ったほうが早いんじゃないか」

それに対しては、即、首を振る。

「今はまだ面と向かって言うのが怖いから……だからそれはもうちょっと後でいいかな」

告白されたときだってめちゃくちゃ怖かったのに、またあんな思いをするのは勘弁願いたい。

あの場面を思い出して気分が重くなりかけた私に、楠木君は優しかった。

「俺が言うって。砂子は何もしなくていい」

――なんでそんなに優しいの、この人は。

楠木君の気持ちは嬉しいが、久しぶりに会ったばかりなのにそこまで頼むのは気が引ける。

私は再び頭を振った。

「いや、そんな、悪いから……と、とりあえず、しばらくはこれでいいよ。もし、本当に困ったらお願いするから」

するど楠木君は仕方ないな、という顔をする。

「わかった。でも、できれば何かある前に言ってくれ。遠慮はいらないから」

「ありがとう……あ、そうだ。晴樹から聞いてるかもしれないけど、私の勤務はシフト制で遅番だと帰宅するのが夜十時くらいになるの。だから、もしよかったら早番のときにうちに来てもらえたら……」

「いいよ、遅くなっても。職場に迎えに行くから、勤め先の場所教えて」

「えっ、迎え……？　そんな、悪いよ」

本当の彼氏でもないのにそんなことまで頼めない。

「いいから、場所は？」

遠慮する私に、彼は一歩も退《ひ》くつもりはない、とばかりにはっきりと言い放つ。

――ええー、そんなことまでお願いするのは申し訳ないのに……参ったな。

困惑している間もじっと見つめてくる楠木君の視線が痛い。根負けした私は仕方なく、バッグの中からカードケースを取り出す。

「……ここです」

ケースの中から勤め先のショップカードを引き抜き、楠木君に手渡す。

カードの裏面には店までの簡単な地図が描かれており、それを見ればよほど地理に疎《うと》くない限り場所が把握できるはず。

実際、楠木君は渡されたカードを見てすぐに場所がわかったらしい。

「ここなら……そうだな、車で行けば会社からならわりと近いよ、二十分くらいかな」

「えっ、そうなの？」

「ああ。だから、仕事が終わったら連絡くれる？　なんなら明日からでもいい」

「明日⁉」

つい先日まで喉から手が出るほど欲していた恋人役。しかし、その役目を楠木君が担《にな》うことになった途端、なんだか申し訳ないような気がしてきて腰が退《ひ》ける。

そんな私を、楠木君がハハっと笑い飛ばす。

「何驚いてんだ。でも、こういうことは早いほうがいいと思うけど？」

確かに、何もせずに悩んでいるくらいならさっさと行動を起こした方が良い。それは私もそう思う。

だけど絶対私よりも忙しい生活を送っていると思われる楠木君にそこまでしてもらうのは、気が引けるんだけど……

「やっぱり申し訳ないな、楠木君忙しそうなのに」

「そんなことないよ。でも君が気兼ねするなら、その代わりといってはなんだけど、俺を癒《い》やしてもらえないだろうか」

にっこり微笑まれながら言われ、え？　となる。

「癒やす？　それは、どういう意味の……」

メンタルなのか、肉体的になのかがわからず聞き返すと、彼は気怠《けだる》そうな顔をして肩を手で押さえたまま首を左右に倒す。

「毎日毎日パソコンのモニターとほぼにらめっこな生活を送っているので、眼精《がんせい》疲労が半端ないし、肩も背中もガチガチだ。もし可能なら、砂子にマッサージとかしてもらえると有り難いんだけど」

それを聞いて、ああ、と納得した。

「あ、なるほど。そういうことね。わかった。じゃあ……うちに来たらマッサージをする、ということで……」

「明日からね」

にっこり微笑みながら、楠木君がダメ押しする。

だけどちょっと待って。明日って事は、明日から楠木君がうちに来るっていうこと？　そんなの急すぎて心の準備が全然できていない。

「あ、明日はちょっと待って。せめて二、三日でいいから、時間をください！」

彼に手のひらを向け、頼む、とばかりにお願いすると、何が可笑《おか》しいのか楠木君が笑い出す。

「いいけどさ……なんでそんなに動揺してるんだ。そんなに難しいことじゃないだろ」

――難しくは無いけど、イケメンが家に来るって私にとっては大事なのです。それに対する準備が必要なのです。

とは言えないので、そこら辺をうまく誤魔化《ごまか》しつつ説明する。

「そ、そうだけど……ごめん。でも、私、ずっと彼氏いない生活を送ってたもんだから、お芝居《しばい》といえど彼がいる生活が始まるって思うと、やっぱり緊張するっていうか……」

「ずっと彼氏いないんだ？　意外だな、俺はもしかしたら砂子はもう既婚者じゃないかって思ってたよ」

楠木君の言い方に胸がときめく。でもそれを悟られないよう、ここでまた得意な営業スマイルを発揮する。

「それは楠木君でしょ。彼女がいないなんて、それこそ不思議なんだけど」

これはお世辞《せじ》でもなんでもなく、彼ほどの高スペック持ちなら女性が放っておくはずがない。少なくとも私が知る限り、高校時代の楠木君のモテっぷりは凄《すさ》まじかったし。親衛隊まがいの女子数人にいつも囲まれていたイメージすらある。

昔を思い出しながら首を傾げていると、楠木君が苦笑する。

「全然ないよ。仕事が忙しくてそれどころじゃなかったし……だから余計、君とまた仲良くできるのが正直すごく楽しみだし、嬉しく思う」

そんなふうに思ってくれていたのかと、胸がじんわり熱くなる。

「ありがとう……わた……」

私も嬉しい。そう言おうとした瞬間、テーブルの下で私の脚に彼の脚が触れ、驚いて飛び上がりそうになってしまう。

「く、楠木君？」

「砂子」

急に姿勢を正した楠木君に真面目な顔で名前を呼ばれ、つい私も背筋を伸ばす。

「はい」

「十年前のことは本当に悪かったと思っている。本当に申し訳なかった」

「……えっ」

もしかして、と胸が一際大きく跳ねた。

「もし、あれが君にとって悪い思い出として残っているのなら、どうか忘れてくれないだろうか」

言われた途端、わかりやすいくらい目を泳がせて動揺してしまった。これは、絶対あの日のことだ。

「いや、あの……」

じっと私を見ていた楠木君が、申し訳なさそうに目を伏せた。

「あのときの自分はまだ子供で、自分ではどこがいけなかったのか、よくわからなかったんだ。でも君を傷つけてしまったことには違いないし、謝りたいとずっと思ってた。だけどなんとなく連絡しにくくて……そうこうしている間に時間も過ぎてしまい、完全にタイミングを逃してしまった。完全に今更だけど、本当に申し訳なかった」

楠木君がごめん、と頭を下げてくるが、途中から話がよく見えない。

なにかおかしい、と思った私は「ちょっと待って」と話を止めた。

「あのことは私にとって悪い思い出なんかじゃない、むしろいい思い出だと思ってる。あのときは、その……そういう雰囲気だったし。自然な流れだったんじゃないかなって……それに全然、嫌じゃなかったよ……？」

言いにくい内容に、だんだん声が小さくなる。でも楠木君にはしっかり聞こえていたようで、この言葉に敏感に反応した彼が、真顔で聞き返してくる。

「……じゃあ、あれに対して傷ついたりはしていない、ということ？」

「傷ついてなんかいないよ。なんでそういう解釈になったの？　私、何かしたっけ？」

彼をこんな行動に駆り立てる自分の行いに、思い当たることがなくて焦《あせ》った。

そんな私を見て、楠木君は心底困ったような顔をする。

「いや……その、あの後、君のことが気になって大丈夫かってメールしたの、覚えてる？　それに対する君の返事がすごくドライだったんで、俺、てっきり怒ってるんだとばっかり思い込んで……」

「……え？」

――メール……。

言われて思い出した。そうだ、確かにメールもらった。

私の体を気遣うよう、彼が「大丈夫？」っていうメールをくれた。それに対してあのときの私は、ちょっとテンパってたというか、なんて返事をしたらいいのかわからなくて、つい事務的に絵文字も何も使わずただ「大丈夫です」とだけ返した……ような気がする。

「……私、大丈夫ですって返したよね……？」

楠木君は神妙な顔で、こくんと頷いた。

「……砂子、いつもメールは絵文字とか顔文字使ったりしてただろ？　でもそのときはその一言《ひとこと》だけだったから、あんなことになって砂子怒ってるんだって解釈して……」

それを聞いた瞬間、背中がひんやりした。

「ええッ‼　そ、そんな、怒ってないよ‼　もしかしてそれで、楠木君私が傷ついてると誤解した……?」

「うん、まあ……。でもそれ聞いて十年ぶりに安心した」

「そんな……それに構わず連絡くれてよかったのに」

「ごめん、俺、あの頃ヘタレだったから。それと引っ越しもあって、なんかもう……感情がぐちゃぐちゃになってて……ほんと、申し訳なかった」

気が抜けたように項垂《うなだ》れる楠木君につられるように、私も「ごめん……!」と謝りながら項垂れた。

——私、馬鹿……‼

まさかこんな些細《ささい》なことが原因ですれ違ったなんて、思いもしなかった。いや、それ以前に自分のふがいなさに改めて凹《へこ》んだ。

「ううん、楠木君のせいじゃない。私もちゃんと連絡すればよかったんだよ……楠木君引っ越しとかで忙しいだろうから、邪魔しちゃいけないなって変に気を遣ってた。だから私もタイミング逃してそのまま……」

——本当は勇気がなくて連絡できなかっただけなんだけど……

私の話を聞き終えた楠木君が、ホッとしたように表情を緩ませた。

「そうか……それならいいんだ。実は君に一番聞きたかったのがそれだったから」

「長い間気に病《や》ませてごめんね……」

彼がずっとこんな風に思ってくれてたなんて、ちっとも思わなかった。

──こんなことなら、もっと早く連絡とればよかったな……でも、楠木君ごめん。もう一個気になってることがあるんだよ……

でも今は聞けないと思いながらコーヒーを啜《すす》っていると、こちらを見ている楠木君に気付く。

「ん？　何？」

「……弟さんは、元気？」

「え？　弟？　うん、元気だよ。もう結婚したんだ。姉の私を差し置いてね」

──なんで弟のことを……？　私、昔楠木君に弟のこと何か話したっけ。

不思議に思っていると、彼はふっと頬を緩ませた。

「そうか、おめでとう。砂子は妹弟《きょうだい》と仲が良いイメージだったから……でも、これで俺もやっと本気出せる」

「……え？　それってどういう意味？」

「まあ、追々わかると思うよ」

私の問いかけに楠木君は多くを語らなかった。彼がなんのことを言っているのか、さっぱりわからない。

でもこれだけはわかる。明らかに楠木君は、私が知る昔の彼ではない。

さりげないボディタッチも、ふとしたときに微笑みかけるそのまばゆい笑顔も、成熟した大人の色気を感じさせる、その甘く低い声も。

やはり十年も経過すると人は変わるものだ、などと思ってしまうくらい、今の彼は魅力的になっていた。

それから私達は、お互いの詳細《しょうさい》な連絡先と住所を交換し、近日中にまた会う約束をした。

「それじゃあ、何かあったらいつでも連絡くれる？　待ってるから」

優しく微笑む楠木君に、私も自然と顔が緩む。

「うん、わかった。ありがと」

楠木君と別れ、彼の姿が見えなくなったのを確認してから、私も帰路についた。

とにもかくにも、これで隣人の件はなんとかなりそうだ。と安堵しつつ、やはり考えるのは楠木君のこと。

――素敵だったな。意識しないようにってずっと気を張ってたけど、あんなに格好《かっこう》いいと意識せずにはいられないよ。だって彼は……

彼は、私の初めての人だから。

第三章　若気の至りとは

誰にでも、若気の至りだと思いたいような出来事の一つや二つ、あると思う。

私の場合、十年前のあの日がそうだ。

かといってそれを後悔しているわけでもないのだが、あのときの私と楠木君は、完全に勢いでそういうことになってしまったんだと、今になって思う。

難関大学に合格した彼に合格祝いは何がいいかと尋ねると、自分と一緒に過ごしてほしいという。それを私はあっさり承諾した。

私達は仲の良い友人で、恋人ではなかった。

でも、私は楠木君のことが好きだったし、彼ももしかしたらそうなのかも、と思うことは多々あった。

ただ告白して相手の気持ちを確認していないだけで、一緒に帰ったり、メールのやりとりをしたり、たまに電話で話したり遊びに行ったりと、していることはほとんど交際中の男女のそれ。

だから私もあの日は、とくに深く考えず彼の希望どおり、彼の家で一緒に過ごすことにした。

その日、彼の両親は仕事と所用で不在で、彼の妹は友人と遊びに行ってしまい、家にいたのは彼だけだった。

それを聞いたとき、この家には私と彼しかいないんだと緊張したのを今でも覚えている。

お茶を飲みながら話をしたり、床に置いたクッションの上に並んで座ってDVDを観《み》たりして過ごしていたのだが、ふとした瞬間、私をじっと見つめている楠木君に気付いた。

『……？　何？』

『砂子』

私の名を呼んで身を乗り出した楠木君の唇が、自分の口を塞《ふさ》いでいることに気がついたのは、数秒後だったような気がする。

『……く……』

——え、キス……？

もちろんこれが初めてのキスだった私は、めちゃくちゃ動揺した。はっきり言ってパニックに陥《おち》った。だけど楠木君は動じず、一瞬離れたあと、すぐにまたキスをしてきた。そのキスがすごく優しくて、私の動揺がドキドキに変わっていったのを今でも覚えている。

楠木君がそのとき初めてだったのかどうかは分からないけれど、彼のキスは上手《うま》かった。

最初、彼は優しく触れるだけのキスを繰り返し、私が落ち着いた頃合いを見計らってか、今度は深く口づけるキスに変えた。

　初めは戸惑っていた私も、楠木君の柔らかい唇の感触と息づかいを肌で感じていくうちに、徐々に興奮していった。逃げることなく艶《なま》めかしいキスに必死でついていく自分に、自分でも驚いていた。

　触れているだけだったキスは、ふとした隙に口腔《こうこう》に差し込まれた舌により、これまでとは比べものにならないほどエロティックに変わった。肉厚な舌が、奥に引っ込んでいた私の舌を誘い出して絡まると、水音が頭の芯まで響いていく。

　初めて自分の口の中に他人の舌が入る、という感覚がこういうものなのかと、興奮しつつ興味津々だった私には、これを止める、という考えは全くなかった。

　ややあって先に離れたのは楠木君で、彼は照れくさそうに一度目を伏せたあと、遠慮がちに私に尋ねる。

『……続けても……いい？』

　これに対し、一瞬どうしようかと悩んだ。でも、私も完全に興奮していたし、セックスというものに興味もあった。それに何より、相手は大好きな楠木君なのだ。

　まだ好きだと言われていないことが若干引っかかったが、こういう行為に及んでいること自体が相手に好意がある証拠ではないか。そう思ったら断る理由など見つからなかった。

『……いいよ』

彼の目を見ながら頷くと、ホッとしたように頬を緩ませた楠木君が、すぐ後ろにあるベッドに私を誘う。

興奮が頂点に達した私達は、お互いに無我夢中だったのだと思う。

服の裾《すそ》から入ってきた楠木君の手が冷たかったことや、ブラのホックを外すのが意外に上手かったなど、わりとどうでもいいことはちゃんと覚えているから不思議だ。

『あ……あんまり見ないで』

両手で胸を隠しながら恥じらっていると、楠木君はそんな私を、やや紅潮した顔で私を見つめていた。

『すごく……綺麗だよ』

そんなことを言われたら嬉しいけど、見られていることを余計に実感して尚更《なおさら》恥ずかしかった。

楠木君は恥じらう私にゆっくりと覆《おお》い被《かぶ》さり、私の手をどけ、胸に顔を近づけた。

『触《さわ》るよ』

『……うん』

まるで壊れ物を扱うかのような優しいタッチで、楠木君の手が私の乳房を包んだ。

手のひらでむにむにと感触を確かめたあと、今度は指の腹で乳首に触れた。その瞬間、胸の先から電気のような刺激が体中に流れ、ビクッと体が揺れてしまう。

『あっ……!!』

声を上げて反応すると、彼が素早く私を見た。

『感じるの？　ここ、気持ちいい？』

『う……、うん……』

『そうなんだ。じゃあ……』

楠木君は片方の乳首を指で弄《いじ》るのは続行し、もう片方の乳首を口に含むと、丹念に舌で舐《ねぶ》り始めた。

『あ……あっ……!!』

触れられるだけとは比べものにならないくらい強い刺激が、絶え間なく私に与えられる。

彼に触れられるたびにお腹《なか》の奥がきゅんきゅん疼《うず》き、足の間が熱くなってくる。こんな経験は初めてで、自分の変化に戸惑った。でもそれ以上に、相手は楠木君なのだという、この状況が私をより激しく興奮させた。

――私、楠木君と、すごいことしてる……

彼は胸を丹念に愛撫《あいぶ》して私の快感を高めてからショーツに手を差し込み、下腹部に指をのばした。

自分でもそう触れることがない場所に他人が触れた瞬間、ビクッ!!　と激しく体を揺らしてしまった。

『……っ……！』

『……痛い？』

それに対しては、ふるふると首を振る。

『痛かったら、言って』

『う、うん』

心配そうな目で私を見る彼に、気を遣ってくれているのだな、と感じた。そんな気遣いが嬉しくて、痛みがどうとかはあまり考えなかった。

下腹部に触れる彼の指はとても優しく、蜜口とその上にある蕾《つぼみ》を、するすると滑るように愛撫される。

最初は緊張してなかなか濡《ぬ》れなかった私だけど、緊張が緩みだしたころ、蜜口に差し込まれた指がスムーズに動いていることに気付いた。

『んっ……』

くちゅくちゅという水音が遠くの方から聞こえてきて、こんな風になっている自分に驚いた。

――すごい、自分が自分じゃないみたい、こんな……

この状況に胸のドキドキが止まらない。そんな私に、一旦手を止め上体を起こした楠木君が声をかける。

『……挿《い》れてもいい？』

『い、いいよ』

こう言って頷くと、楠木君が立ち上がり、着ているものを全て脱ぎ去った。

机の引き出しから何かを取り出し、ベッドに戻ってきた楠木君の下腹部につい目が行ってしまう。

弟がいるのであれ自体は何度も見たことがあるのだが、勃起している状態のものを見たことはなかったので、釘付けになってしまった。

——す、すごい……大きくなってるの初めて見た……

あれが今から私の中に入る。そう思ったら急に緊張してきて、ドキドキがさらに大きくなる。

私はつい、彼から目を逸らす。

『じゃあ……挿れるよ』

しっかり避妊具を装着した彼の屹立《きつりつ》が、私の股間に押し当てられる。

『……うん』

本当にこんなのが入るのだろうか。

そればかりが気になってしまって、意識が完全にそっちに持っていかれたけれど、すぐにそんなことが考えていられるような状態ではなくなった。

『……ッ‼』

彼が蜜口に押し当てた屹立をグッと沈めてきた途端、激しい衝撃が走った。

──痛い……‼

これまで経験したことのない痛みに顔を歪《ゆが》める。

『砂子、ごめん。もう少しだから……』

楠木君は私を気遣いつつ、腰を掴《つか》み私を固定して、少しずつ奥へ進む。

とはいえ、楠木君も表情からして相当苦しいに違いない。

──これ、本当に奥まで入るの？

痛すぎるあまり、だんだんこんな疑問が湧き上がってくる。終《しま》いには目尻に涙も浮かんできた。

『ん、んんっ……はっ、はあっ……』

痛みを逃がそうと浅く呼吸を繰り返していると、楠木君が上体を起こし、神妙な顔で私を見る。

『ごめんな。痛いよな』

優しい声と頭を撫《な》でる手の温《ぬく》もりに、きゅんと胸が切なくなる。そんな彼に対し愛《いと》しさが募った。

楠木君が好き。今は痛くてもいいから、彼と一つになりたい。

そう思ったら、無意識のうちに首を横に振っていた。

『いい。大丈夫だから続けて……？』

『……っ、砂子……っ』

私の願いを聞き入れ、楠木君は苦しそうな顔をしながら、腰を動かし屹立を奥へ押し込んだ。そのあまりの痛さに、呼吸すら忘れた。

——いっ……‼

『……っ、全部入ったよ』

目を閉じて顔を歪めていると、楠木君が呟く。それに反応して目を開けようとすると、目の前に彼の綺麗な顔が迫ってきて、そのまま唇を塞がれてしまう。

すぐに入ってきた舌に自分の舌を絡ませながら、私は彼の体にしがみついた。

初体験の相手が楠木君であること、それと大好きな人と今、まさに繋《つな》がっている最中だということが何よりも嬉しかった。

『……ゆっくり、動くから』

『うん……』

体を起こした楠木君が少しぎこちない感じで、私の腰を掴んでゆっくりと腰をグラインドさせる。動く度にナカが擦れると、気持ちよさよりもまだ痛さのほうが勝《まさ》っていて、つい顔が苦痛に歪む。

『ん……っ、は……』

『……は、ヤバい……すごく気持ちいい……』

その言葉に、ずっとぎゅっと閉じていた目を開いて彼を見る。

見たことがない彼の恍惚《こうこつ》の表情に、私の胸の鼓動がいっそう高鳴った。

彼にこんな顔をさせているのは、他の誰でもない、私なのだ。

そのことがこんなにも嬉しいなんて、初めて知った。

——もっと、もっと気持ち良くなって……‼

そう思えば痛さなどあまり気にならない。

私は小さく喘《あえ》ぎ声を上げながら、彼の抽送に身を任せた。

突き上げる速度が速まり、彼が小さくうめき声を上げ、私の中で果てたときは幸せな気持ちでいっぱいだった。

『……楠木君っ……』

『……砂子』

お互いの体に腕を回したまま、夢中でキスをした。そこまでは覚えてる。

しかしその後のことに関してはぷっつり記憶が途切れており、おそらくお互い初めての情事に疲れ切ってしまい、いつの間にか眠ってしまったのだと思う。

ベッドで身を寄せ合いしばらく眠り、ふと目覚めた私は辺りの暗さにハッとなった。

——夜⁉　ヤバいっ、早く帰らないと！

私の両親は共働きで、土曜日のその日も仕事で帰りは夜になる。こういった日はほぼ私が夕食を作るという我が家のルールのようなものがあった。

なので今日も暗くなる前に家に帰るつもりでいたが、昼間、らお邪魔していたせいもあり、まだ時間があるとすっかり思い込んでいた。

慌てて床に散らばっていた服を掻《か》き集めて、素早く身につけ彼を見る。

——この人がさっきまで私の中にいたなんて、まだ信じられない。

さっきの出来事がまるで他人事のように思えて仕方ないのだが、そのときの私には時間がなかった。

それでも楠木君に声を掛けてから帰ろうかとも思ったけど、眠っている彼を起こすのは悪いような気がしてしまい、下腹部に残る違和感にドキドキしながら彼の家を後にした。

今思えば、ちゃんと楠木君を起こしてひとこと言ってから帰るべきだった。それかメモの一つくらい残すとかすればよかった。

そうすれば、あのあと楠木君から送られて来た気遣いのメールに、テンパった末、超事務的な返事をすることもなかったのだ。そう思うと過去の自分に対して今更ながら腹が立つ。

卒業間近の高校三年生は、登校日に学校へ行く以外、卒業式までほとんど学校へ行かない。

それに加え楠木君は関西に転居するので、その関係でしばらく向こうに滞在すると言っていた。

よって私と楠木君も、今後確実に会えるのは卒業式当日だけ。そんな状況の中、メールや電話をしてみようかと何度も思った。でも、携帯電話に彼の番号を表示させるだけで、あのときのことが蘇《よみがえ》り、何を話したらいいのかわからなくなってしまい、結局電話できなかった。

――それにやっぱり電話より、ちゃんと会って話した方がいいよね……

だから卒業式の日に彼に会って、私のことをどう思っているのか、今後の私達のことを聞こうと思っていた。

卒業式当日、楠木君と話がしたくて式の後、彼の姿を探した。だけど友人や先生との別れや写真撮影で忙しく、なかなか楠木君の姿が見つけられない。

仕方なく、私は隙を見て彼のクラスメイトに楠木君の居場所を聞いた。すると、同じクラスの女子に呼ばれ校舎の陰に歩いて行ったと教えられた。

――それってもしや……ベタな告白のシチュエーションじゃない。

嫌な予感がして、急いで教えてもらった場所に行った。

キョロキョロ周囲を見回しながら歩いていると、校舎とその側にある木の近くに、楠木君らしき後姿が見えた。

いた、と思って校舎の陰に身を潜め様子を窺う。するといきなり楠木君に女子生徒が抱きついたのが見えてドキン、と大きく心臓が鳴った。

――え？

二人だけで話をしているだけでも、もやもやするのに、ありえない場面に出くわして私の動揺は半端ない。小刻みに手が震えた。

そのままふたりから目を逸らすことができず硬直していると、あろうことか楠木君も彼女の背中に手を回しているように見えてしまい、私はさらに激しくショックを受けた。

――楠木君、何してるの……？　なんで他の女の子と抱き合ってるの……？

実は私が知らないだけで、他に付き合っている子がいたのだろうか？

でも彼がこれまで誰かと付き合っていたという話は聞かないし、私とああいうことになる前だって、私と手を握ったこともない。そんな楠木君が、他の女子にあんなことするなんて信じられなかった。でも、目の前で実際に彼は私ではない別の女性を抱きしめている。

この状況に私は激しく狼狽《ろうばい》した。

実は彼には本命がいたんじゃないかとか、私とああなったのはほんの偶然で、彼としてはあまり大事ではなかったのかも。ううん、それ以上に両思いだと思っていたのは私だけだったのかもしれない。

考えれば考えるほど悪いことばかりが思い浮かんだ。その結果私は慌ててその場を去り、楠木君に会わずに家に帰ってしまった。

その後どうしたらいいかわからなくて、しばらく落ち込む日々を送った。

連絡するべきか悩んだけど、やっぱり私からするのは気が引けてできず。それに加え学費の足しにと始めたバイトが思いのほか忙しくて、気がついたら彼からも連絡は来ないままついに新生活が始まってしまった。もやもやする気持ちは残っていたけど、それよりも新生活に慣れることに頭がいっぱいになり、いつしか楠木君のことは頭の片隅に追いやられていった。

そしてそのまま、彼とはそれっきりになってしまった。

過去のやらかしを改めて思い出し、大きくため息をつく。

——あそこで恐れをなして逃げないで、どういうことなの？　って聞けばよかったんだよね
……。

当時の自分のヘタレ具合に改めて凹む。でもこのヘタレは今も継続中だ。

あれから十年も経っているのに、私はいまだにどこかで楠木君とのことを引き摺《ず》っているようで、他の男性と恋愛をしようという気にあまりなれない。よって楠木君以来、親密になった男性は一人もいないという状況なのである。

私に男っ気が全くないのを心配したお店のお客さんから、何人か男性を紹介してもらったこともあった。でもどうしてもその気になれなくて、結局進展しないまま終わってしまった。

そんなこんなしているうちに二十八歳になってしまったというわけで……。

昔のことを思い出しながらぽけーっとしていると、何気なく時計が目に入って我に返る。

——いけないいけない。掃除してる最中だった。さっさとやらないと。

今日は休みを利用して朝からずっと掃除をしている。でもまだ引っ越ししたてなので、そんなに汚れてはいないけど。

引っ越したばかりなのになぜこんなことをしているのかといえば、それはもちろん楠木君の

せいである。

——あんなハイスペックな大人の男性になってしまった彼をこの部屋に招き入れるのなら、せめて部屋くらいは綺麗にしておかないと、私の気が済まない。

なんて。これじゃあ彼のことを意識しまくっているみたいで嫌だな、とも思う。

だけど楠木君とのことは、私の人生の中で唯一の甘酸っぱい……というか艶《つや》っぽい出来事。

彼のことを意識しないなんて、はっきりいって無理だ。

まだ少しだけ昔のことが引っかかるけど、それでも昔みたいに彼に会えるのなら会うことを選んでしまう。

私は彼がいつこの部屋に来てもいいよう、一日かけて部屋の準備だけは万端にした。

*

「楠木さん、この書類に署名と捺印《なついん》お願いします」

「はい」

差し出された書類に押印し、社員に手渡す。

書類を手にした女性社員が一礼して部屋を出るのを見送ってから、眼鏡を外し椅子を半回転させて窓の外を眺める。

アプリの開発と制作をメイン業務としてこの会社を設立し、六年の月日が流れた。

立ち上げたばかりの頃は狭いビルの一室で、黙々とパソコンに向かう日々を送っていた俺達だが、数年前にリリースしたアプリがヒットした途端一気に状況が変わった。

その後もヒットを連発したお陰で経営もすっかり安定し、今や社員も増え、オフィスビルの二フロアを使用できるほど会社は大きくなった。

――あの頃はがむしゃらだったからな……

今はＣＥＯとして個室を使わせてもらえるようになり、あの頃のように自らが寝る間を惜しんでパソコンに向かうようなことはほとんどなくなった。

でも、たまに会社を立ち上げたときのがむしゃらだった自分を忘れないよう思い出す。なぜならそれが、この会社を大きくした原動力の一つでもあったからだ。

俺は一つため息をつくと、机の引き出しから一枚の写真を取り出す。それは高校三年の文化祭のときのもの。

当時所属していた委員会の催し物を片付け終わったところで撮った一枚。自分の横には可愛らしく微笑む砂子がいる。

それを眺めているだけで気分が癒やされ、日々の疲れなど瞬時に消える。

――あの頃も可愛かったけど、砂子、随分綺麗になってたな。

砂子十茂。高校三年のとき、委員会が一緒だったことがきっかけで仲良くなった女性。

最初は委員会で一緒になってもあまり話さなかったが、文化祭の準備を一緒にしているうちに話すようになり、それをきっかけに仲良くなった。そして、気がついたら好きになっていた。だけどいろいろあって縁が切れてしまい、十年もの間彼女に会うことはなかった。

もちろん会いたいと思ったことは何度もある。しかしあんなことがあって今更どの面下げて彼女に会えばいいのだ、それにきっと彼女にはもう新しい男がいるに違いない。

そう思ったら行動には移せなかった。

会えない間にもし彼女が俺以外の男と結婚してしまったとしても、彼女が幸せならそれでいい。そう考えるようにして、どこか無理矢理《むりやり》自分を納得させていた。

しかし先日、街で偶然会った渡会から彼女が独身で彼氏もいないと聞いた瞬間、自分の中で抑えつけていた気持ちが溢《あふ》れてしまった。

——会いたい。今の彼女に会ってみたい。

一瞬躊躇《ちゅうちょ》する気持ちはあったが、それよりも会いたいと願う気持ちが強く、衝動を抑えられなかった。

渡会に名刺を渡してから、彼女からメールが来るまでのなんと長かったこと！　待望のメールが来た瞬間は、あまりの嬉しさにしばらく画面を見つめたまま動けなかったほどだ。

メールが来ただけでも嬉しかったが、やっぱり彼女に会いたい。その気持ちがあまりに強く、自分でも強引だと思いながらも会えないかと彼女を誘い再会した。

十年ぶりに会った砂子は、可愛い顔立ちや、すらっとした体型は昔のまま。でも化粧をして長い髪を緩く一つに纏めた今の彼女は、昔とは違う大人の女性になった。昔とはまた違う魅力的な砂子に、俺はしばしば見とれてしまった。

こんなに綺麗な女性に成長した彼女なら、男の一人や二人いてもおかしくはないだろうが、彼女自身はずっと彼氏がいないと言う。

そんなことがあるだろうか？　あれだけ可愛らしい砂子に恋バナの一つも無いなんてとても信じられない。

だけど彼女に男がいたと少しでも考えると、胸がぎゅっと掴まれたように苦しくなって、存在すらわからない相手に対して嫉妬《しっと》の炎がメラメラと燃える。

この十年間、女性のことで嫉妬するなど皆無だった自分がこんな気持ちになる日が来るとは。そう考えたら可笑《おか》しくて、写真を引き出しにしまいながらつい笑ってしまった。

どうやらずっと抑えていた気持ちが、彼女に再会したことによって完全に復活した。いや、長い年月抑えつけてきた反動で、以前よりも大きいものになっているような気がする。

——あの頃の自分は子供で、まだ自分に自信がなかった。でも今は違う。

今なら自信をもって彼女に好きだと言える。だから今度は彼女自身にはっきり拒否されでもしない限り、絶対に退かない。

これだけはもう、自分の中で揺らぐことはなかった。

第四章　ＣＥＯが私の部屋にやってくる

「あら。砂子さん一人暮らし始めたんですか」

「そうなんですよ～」

勤務しているサロンで常連のお客様にマッサージを施術中に、何気なく家を出て一人暮らしを始めたことを話した。

「うち家族が多いんです。だからずっと自分だけの部屋が持てなかったので出たいなーと常々思ってはいたんですけど。ようやく実行できました」

私の勤務するサロンは、アロマオイルやハーブ、それに関連する商品を取り扱うショップの奥にある。

ベッドの数は少ないけど、女性専用の隠れ家的なサロンとして口コミでお客様を増やし、お陰様でまずまず繁盛している。

施術中の私のユニフォームは白い半袖Ｔシャツに黒のクロップドパンツ。冬だと寒いと思われがちだが、ずっと体を動かしているので寒さは感じない。

マッサージオイルを使いお客様の背中を手のひらでほぐし、お疲れを癒《い》やしていただくことに全力で取り組んでいる真っ最中だ。

「それならもっと早く出ればよかったのに。これまでにチャンスなかったの？」

ベッドにうつ伏せになったお客様からの素朴な疑問に、私は心の中で確かに、と頷く。

私も二十八のいい大人なんだし、一人暮らしを始めようと思えばできないことはなかった。しかし、我が家には特殊な事情があった。

「それが、出ようとしたことはあったんですけど、何度も弟に阻止されてきたというか……」

「弟さん？　なんで？」

ため息交じりに呟くと、お客様が不思議そうに聞き返してきた。

「弟は家族が大好きなんです……いや、あれは執着ですね。異常に執着してて、自分が家にいるうちは誰一人欠けるのを嫌がってたんです。俺がこの家にいるうちは誰も家を出ることを許さん！　て、常に鼻息荒くしてて」

「そ、それはまたすごい……家族愛ね」

さすがにこれにはお客様も引いているようだ。

弟も子供の頃からそんな感じ、というわけではなかった。しかし中学や高校の頃、両親が共働きで家にいないときは私が母親代わりで食事の支度や家事をし、弟が父の代わりに私や妹たちを守る、という役割が自然と定着していったのだ。

今考えれば、弟が過剰に私や妹たちを心配するようになったのは、その頃からではないだろうか。

心配してくれるのは有り難いが、飲み会で帰りが午前様になろうものなら寝ずに待っているし、友人と旅行に行くと言えば誰とどこへ行くんだ、スケジュールを教えろと言ってきたりする。こんなことばかりが続き、はっきり言ってしまえば煩《わずら》わしかった。

妹二人に対しても同様で、彼女たちもこれにはほとほと参っており、日々弟とそれを巡ってケンカばかりしていた。

「でも半年くらい前に弟が結婚して家を出たんですよ。やっとうるさく言われない生活になってすっかり安心しきってたら、今度はお嫁さんを連れて家に戻って来ちゃって。でも、さすがに結婚したらお嫁さんの方が大事なんで、私が家を出ると言っても、さほど文句は言いませんでしたけどね」

「へえ～……そうなんだ。じゃあ、今頃弟さん寂しがってるんじゃない？」

「どうでしょう……でも今は奥さんと、今度生まれてくる子供のことのほうが大事ですから。前よりは静かになりましたよ。はい、お疲れ様でした」

お客様の近くに体を拭くためのホットタオルを置き、これで施術は終了。

「ありがとうございました～、あー、体が軽い～」

起き上がったお客様は、肩を回したりうーん、と両手を伸ばした後、はあ～と脱力する。

このお客様はご自身で会社を経営している四十代の女性で、この店のオープン後からサロンに通ってくれているお得意様だ。

「砂子さん無しでは生きられない体になっちゃったわ……ほんと、気持ち良かったです」

褒《ほ》められるとやっぱり嬉しくて、顔がにんまり笑ってしまう。

「いつもありがとうございます、こちらこそまたお待ちしております」

着替えを済ませた後に温かいハーブティーを飲み、お客様は満面の笑みでお帰りになった。

疲れでカチカチに凝《こ》り固まった体をマッサージでほぐし、楽になったと言って店を出て行くお客様を見ると、いつもこの仕事をやっていて良かったと思う。その積み重ねで今の私があると言っても過言ではない。

――人を癒やす仕事って、相手を癒やすだけじゃなく、私もなんだか癒やされたような気持ちになるから不思議だよね。

後片付けをしながら、しみじみ思う。

疲れている人には是非、うちのサロンに来て癒やされてほしい。なんて考えていると、なぜか頭の中に楠木君の顔が浮かんできた。

――はっ。なぜ、ここで楠木君の顔が出てくるのよ。

彼を思い出した途端、体が熱くなってくる。

どうやら私は彼のことを考えるだけで条件反射のようにドキドキしてしまうようだ。

顔をパタパタと手で扇《あお》ぎながら、フー、と一息つく。

でも、楠木君はCEOなんていう職に就《つ》いているくらいだから、疲れもかなり溜《た》まっていそう。本当は店でがっつりマッサージしてあげたいところだが、この店は女性専用サロンだ。となると、やはり私の部屋でやるしかないのだが。

――彼の体を、マッサージ……

十年前に見た彼の引き締まった裸体を思い出し、一人顔を赤らめる。

十年経って、彼の体はどんなふうに変化しているのだろうか。もしかしたらあの頃よりもっと筋肉がついてすごい体になっているかも。

――この前会った時の感じからして、あの頃のように引き締まっていることは間違いなさそうだし……

そう思っただけなのに、また昔のあの場面がフラッシュバックしてきて顔が熱くなる。

――あああ、もう‼　さっきからこればっかり‼　私しっかりしろー‼

おそらくこの十年という間、男性とのご縁が全くなかったので、家族以外の男性の裸体に異常に敏感になってしまっているのかもしれない。

――裸見る度に赤くなってたら変な人だと思われちゃう！　ここはなんとか、彼の裸を見ても平常心でいられるようにしなければっ……‼

結局今日は一日中そのことばかり考えてしまって、しょっちゅう顔を赤らめてしまった。

翌週の私のシフトが早番だったので、楠木君に来週の月曜から家に来てもらえるかとSNSでメッセージを送る。するとすぐに彼から返事が来て、快く承諾してくれた。

しかも私の仕事が終わったら迎えに行くから連絡くれ、とも言われて、ありがたいと思うと同時になんだか申し訳ないような気もしてくる。

——今やCEOだっていうのに相変わらず優しいなー、楠木君。

こんなに優しいのに未《いま》だ独身で彼女もいないってどういうことよ、と軽く疑問が湧くが、それはさておき。

このところずっと遅番で、運よく隣人に会うことを回避していた私は、久しぶりに早番の週を迎えさすがに朝から緊張感が半端ない。

——早番と言っても私が出勤するのは朝八時半頃だから、多分隣の人には会わないと思うけど……

一度早起きして隣人が何時頃家を出るのか耳を澄ませていたことがある。

そのときは、朝七時半頃に玄関の扉が閉まる音が聞こえたので、おそらくそれが出勤する時間なのだろう。

朝はいつも大体同じ時間に家を出るのかもしれないが、帰りに関しては、私が一日休みで家にいたときは夕方六時頃にドアの音が聞こえたり、あるいは夜の八時くらいに音が聞こえたりした。当たり前だけど帰りの時間はまちまちのようだ。

これらのことから察して私が早番の時は、ちょうど隣人と同じくらいの時間に帰宅することになってしまう。

そこを楠木君に協力してもらって、最悪のタイミングで遭遇した場合になんとか備えようという計画なのである。

――ほんと楠木君にはお手数で申し訳ないけど、どうかこれでお隣さんが諦めてくれますように……‼

そして早番当日。どうか隣人に遭遇しませんようにと祈りながら家を出た。

出勤して、いつものようにお客様にアロマの香りで癒やされてもらいながら、オイルで体のコリをほぐす。うちの店はコースによっては機械も使うけれど、基本的にアロママッサージは手でのみ行うので、かなり手の力を使うし同時に体力も消耗する。なのでこの仕事は、ハードな肉体労働だと私は思っている。

――コースによっては、お客様より私の方が汗だくになっていたりするもんね。

この仕事に就いてからは、お陰様でダイエットとは無縁の生活だ。むしろ食べないともたないくらい。

この日も休憩時間にオーナーが出先で買ってきてくれたシュークリームを食べていると、店長の笹澤弓枝《ささざわゆみえ》さんが仕入れたばかりのハーブティーを淹《い》れてくれた。

「どうかな？　レモンバーベナが入ってるから良い香りでしょう？」

店長は私よりも十歳ほど年上だが、私と同じくらいの年齢に見えるスレンダーな美人だ。

「はい、香りが爽やかで飲みやすいです」

ハーブティーは苦手という人もいるが、これはクセもあまりないので、食事との相性もよさそう。

なんて考えていると、私の頭にあることが浮かぶ。

――これだったら楠木君も飲めそうかな？

ハーブティーなら体にも優しいだろうし、試しにうちに来た時に飲んでもらおうかな……

「店長、これ今日買っていってもいいですか？」

「ん？　いいわよ。気に入った？」

「はい。飲みやすいから、ハーブに馴染《なじ》みのない人でも飲めそうだなって」

深く考えずに言ったら、店長がちらり、と私を見る。

「ハーブに馴染みがない……？　じゃあ、誰かにあげるの？」

「あ、はい。同じ高校出身の男性なんですけど……店長？」

私が男性、と口にした瞬間、店長が目を見開いた。

「オトコ……!?　砂子さんの口から聞き慣れない言葉がっ……!?」

わざとらしく驚いてみせる店長に困惑する。でも、これもある意味仕方ない。実際これまで店長との会話に男性が出て来たことがないのだから。

「驚かれるのはわかりますけど……高校の時の知り合いなんですよ。最近友人を介してまた連絡取るようになったんで」

さすがに店長には、引っ越して早々隣人にプロポーズされたなんてことは話していない。店長の性格からして、知られたら絶対過剰に心配しそうだから。

「ふーん、その人どんな人なの？」

「そうですねえ……優しくって穏やかで……高校時代から頭もよくて自分で会社興《おこ》して、今やCEOなんていう役職に就いちゃってるくらい、同じ高校という繋がりがなければきっと出会わなかったような人です」

彼のことを思い出し、浮かんでいた印象をつらつらと語る。

「へえー、CEO!!　それはすごい……!!」

店長の反応に同調するように、深く頷く。

「そうなんです、すごいんです。そんな彼だから仕事でお疲れかと思って、ちょっとした贈り物にハーブティーはどうかなと。美味しい物とか高級な飲み物は、彼だったらいくらでもいただく機会がありそうなので」

「なるほど。だったら何種類か用意しておいたら？　体調と気分によって選べるように」

「そうですね、そうしてみます」

楠木君でも飲めそうな、飲みやすくて疲労回復に効果がありそうなお茶を物色していると、なぜか背後で店長がふふふ、と不気味に笑い出す。

「……ど、どうしたんですか？　いきなり……」

振り返って尋ねると、店長は緩んだ口元を咄嗟《とっさ》に手のひらで隠す。

「え？　だって砂子さんが男の人にハーブティーを贈ろうとするなんて珍しいと思って。これまで男の人紹介しても全然食いついてこなかったのに」

「その節は本当に申し訳ありませんでした……でも、その人は私にとってちょっと特別な存在なんです」

それを聞いた店長が、ハッと息を呑《の》む。

「特別……‼　そっか……それは大事にしなきゃいけないわね！　ハーブティーだけじゃなくて他にも健康茶とか色々あるんだし、手当たり次第持って行けば？」

「……は、はい。じゃあ、そうしようかな……」

というわけで結局この日、私は勤務終了後にハーブティーを何種類かと、ルイボスティーなど飲みやすくて体にいいといわれているお茶を数種類買って帰った。

満面の笑みの店長に見送られ店を出た私は、ふうっと一息ついてから楠木君の姿を探す。

彼には事前に終わる時間を伝えておいたのだが、本当にいるのだろうか？

周囲を見回していると、店から数メーター離れた道路脇に一台の外車と、そこに寄りかかってこちらに向かって小さく手を振るスーツ姿の楠木君の姿があった。

——本当にいた！　って、約束してたんだから当たり前だけど……

小走りで彼の元へ行くと、楠木君はこの前と同じような爽やかな笑顔で私を迎えてくれた。

「お疲れ様。時間ぴったりだ」

「楠木君こそだよ、来てくれてありがとう。でも、お仕事は本当に大丈夫？」

「もちろん。じゃあ、行こうか？」

楠木君は颯爽《さっそう》と助手席側に回ると、私に乗れと促すようにドアを開けてくれた。

ドアを開けてもらうなんて、人生で初めての経験だ。

「ありがとう……じゃあ、お言葉に甘えて」

彼のさりげない行動にドキドキしつつ助手席に乗り込む。

そのあと運転席に座った楠木君に住所を聞かれたので教えると、彼はそれをナビの目的地に設定した。

「じゃあ、よろしくお願いします……」

慣れた手つきで車を発進させた楠木君に改めてお願いをすると、彼がクスッとする。

「なに、恐縮しちゃって」

「そりゃ、恐縮するでしょ……楠木君、昔と全然違うし」

「俺？　どこが？　自分じゃ変わったつもりなんかないけどな」

「どの口がそれを言う……全然違うよ！　身長だって高校の時より高いし」

これに対し、楠木君は「あ〜」と言って顎に手を当てた。

「そういや、身長はあれから少し伸びたかも。でも他にはどこが変わったかなんて、自分じゃわからないな」

「……なんていうか、ざっくりだけど大人の男の人っていう感じになった」

この前会ったときもだけど、今日会ってみてやっぱり同じことを思った。楠木君は大人の雰囲気を纏った素敵な男性になった、と。

私の言葉に、楠木君は少々沈黙したあと、静かに口を開いた。

「……それは、いい意味で？」

「もちろんだよ」

「よかった。君にいい印象を持たれなかったら、俺の十年間なんて無意味だから」

ホッとしたように表情を緩ませる楠木君に、ん？　となる。

「今の、どういう意味？」

とっさに聞き返すと、彼はハハッ、と声を出して笑った。

「なんでもないよ。ほら、十年経っても高校生のままじゃ、会社の経営なんてできないしな」

「そっか、そうだよね」

二人で笑い合いつつ、会話は高校時代の友人の話になる。今誰がどこでどうしているのか、何をしているのか。あの人が結婚したとかもう子供もいるらしいとか。

交友関係があまり広くない私と違い、楠木君は結構広く付き合いがあるらしく、いろんな人の名前が出てくる。それには素直に感心してしまった。

「すごいなあ、私、高校時代の友人って今じゃ渡会夫妻くらいしか付き合いないよ。楠木君は皆とずっと連絡取ってたの？」

「いや、そういうわけでもないんだ。以前、同窓会があって、そこに顔出してから数人と連絡取るようになった。会社を立ち上げてからはそっちが忙しくて、遊ぶ暇もなく仕事してたから」

ハンドルを華麗にさばきながら、楠木君が前を見据《みす》え淡々《たんたん》と話す。

「会社っていつ立ち上げたの？　大学卒業後に就職して……とか？」

「いや、大学四年生の頃。友人数人と会社を立ち上げたら、開発したアプリの一つが当たって、そこから会社が大きくなっていってね」

「へえー、すごいね！」

声を上げると、楠木君は照れたように頬を緩める。

「正直、ここまで大きくなるとは思ってもみなかったんだけど。人生って何があるかわかんないよな」

「そ、そうだよね……」

何があるかわからない、のくだりでドキッと胸が弾《はず》んだ。

確かにその通りだ。楠木君とあんなことになって、その後疎遠《そえん》になってしまったことも、私としては予想外だった。

予想外と言えば、楠木君がまだ独身だったこともだ。

「楠木君は……その、今まで結婚とか考えた人はいなかったの？」

聞こうか聞くまいか少し悩んだが、つい聞いてしまった。

結婚、という言葉に楠木君がピクッと反応したような気がした。が、彼は前を見たまま特に表情を変えなかった。

「いないよ。この前も言ったけど、本当に仕事が忙しくて、そういうのは皆無だったんだ」

「……そっか」

でもなんか、釈然としない。

――これだけイケメンの楠木君に女っ気がないなんて、いくら本人がいないと言っても簡単には信じられない。女性の方が彼に寄ってくることもありそうだし……

それか何か、私には知られたくないような理由があったり？

申し訳ないが彼の言葉を素直に信じることができず、頭の中にはさまざまな妄想が広がっていく。

モヤモヤしている私の横で楠木君が、あ、と思い出したように口を開く。

「そうだ。近くの駐車場を教えてくれる？」

「あ、うん。わかった」

うちのマンションには駐車場が無いため、車は近くのパーキングに駐《と》めるしかない。車を駐めてから楠木君と並んで歩いてマンションに向かっていると、昔を思い出してつい懐かしい気持ちになってしまう。

――こうしていると高校の時みたい。楠木君の外見はあの頃とはだいぶ違うけど……

ものすごい大人の男の雰囲気を醸《かも》し出している楠木君と比べ、私は自分では高校の頃と外見は大きく変わっていないつもり。だからこの雰囲気の違いにまだ困惑している。

「この時間に帰宅する人、結構いるんだね」

楠木君の言葉に周囲を見回すと、手に買い物袋を提げた若い人や年配の人が、ポツポツとマンションに向かって歩いて行くのが目に入った。

しかしここで、私の頭にある不安がよぎる。

――もしかしてこの中に、お隣さんもいたり……

そう思ったら、これまでの思い出に浸るふんわりした雰囲気から、一気に現実に引き戻される。

真顔で周囲を見回していると、それに楠木君が気がつく。

「どうした？」

「あ、いや。もしかしたらお隣さんがいるかもしれないって思って……」

不安な気持ちのまま楠木君に今の気持ちを伝えると、彼の顔も神妙になる。

「じゃあ、早く部屋に入ろう。ほら」

そう言って、楠木君は私の手を掴み、マンションに向かって足早に歩き出す。

「え、あの……」

手を握られたことに動揺していると、楠木君は全く動じる様子もなく「何階?」と私に尋ねてくる。

「三階……」

「了解」

手を引かれながら自分の部屋に向かう。その途中、私の隣の部屋の扉が開いて、中からその部屋の住人が顔を出した。小田さんだ。

「小……」

急に現れた小田さんに驚き、彼の名を口にしかけたら、一歩先を歩いていた楠木君が私より先に彼に話しかけた。

「こんばんは」

「……こんばんは……」

爽やかに挨拶をする楠木君につられ、小田さんも彼を上目遣いで窺いながら会釈した。そしてすぐに隣人の視線が私に突き刺さる。

「……砂子さん、もしかして……」

「そ、そうです!! 彼氏です!!」

「どうも。いつも十茂がお世話になっています」

自信を持って断言すると、楠木君もそれに乗って笑顔でそれらしく振る舞ってくれた。

そんな私達を、小田さんは疑うようにじろじろ見てくる。

「本当にいたんですね……嘘だと思ったのに……」

ぼそっとこう呟くと、小田さんはチッ、と舌打ちをしてドアを閉めてしまった。

「……今の人、だよね?」

楠木君の質問に、私は黙って頷いた。

「とりあえず、私の部屋に」

ここで話をするわけにもいかないので、急いで私の部屋に入り、ドアに鍵を掛けた。

「あー、びっくりした」

ずっと繋いでいた手を離し、胸に手を当て脱力していると、楠木君が「でも」と口を開く。

「結果的には恋人の存在をアピールできたわけだから、よかったんじゃないか?」

確かに。楠木君と一緒に帰宅した初日に彼と遭遇できたのは、却《かえ》ってラッキーかも。

「それもそうか。うまく話合わせてくれてありがとう、助かったよ……あ、こんなところでごめん、中に入って？」

急いで靴を脱ぎ、彼を部屋の中へ誘導する。

「ほんっとーに狭いからね！　覚悟して入って」

「大げさだなー。気にしないって言ってるのに」

ビクビクしている私とは違い、楠木君はクスクスと笑いながら私の部屋に足を踏み入れた。

そして部屋の中央まで来ると、キョロキョロと周囲を見回す。

「思ってたより物が少なくてスッキリしてるな。引っ越したばかりだから？」

「うん、それもある。家を出るときにかなり処分したし……でも生活していくうちに、物は増えちゃうし、きっと今だけだよ。あ、好きなところに座って？　ベッドの上でもいいし。私、着替えてくるから」

荷物を置いた私は、素早く洗面所に移動し手を洗ってうがいをし、ずっときっちり纏めていた長い髪を緩く纏めてから部屋着に着替えた。部屋着は特に彼を意識することもなく、いつも通りの長袖Tシャツと、ウエストがゴムのハーフパンツ。

——だって家の中まで気を遣ってたら、私のメンタルもたないし！　これくらいは……

楠木君がどんな反応をするか不安は少々あった。でもいざ私が部屋着で戻ってくると、楠木君は私を見て、少しだけ興味深そうに目を見開いた。

「部屋着姿の砂子、新鮮」

楠木君がじっと私の服装を見てくるので、さすがにちょっと恥ずかしい。

「そ、そう？　変じゃない？」

「変じゃない。この前会った時も今日もおしゃれなお姉さんって感じだったから、そういった格好はまた違った魅力があっていいね。可愛いよ」

彼の言葉に途中まではそっかー、良かったーなんて安心しきっていたのだが、最後の一言がずきゅんと胸に刺さる。

――か、可愛いって言われた。

「あ、ありがと……」

まさかウエストゴムのハーフパンツ姿を褒められるとは思わなかった。

それはさておき。

昼間はお茶のことばかり考えていたけど、夕食のことも忘れてはいない。でも、初《しょ》っぱなから豪華な食事でもてなすのもウザいかなと思って、今日は家にあるもので済ませようと決めていた。

「夕食なんだけど。まだだよね？」

ジャケットを脱いで床に腰を下ろした楠木君に、おずおずと尋ねる。

「ああ、うん。でも砂子疲れてるだろうから気にしないで」

「大丈夫。もし良かったらなんだけど、うどん食べる？　簡単なやつで申し訳ないんけど

「……」

私が作る料理など、果たして彼の口に合うのか。それだけが心配だったのだが、楠木君は私の心配をよそに、「マジで？」と嬉しそうに微笑んでくれた。

「砂子が作ってくれるものならなんだって嬉しいよ。空腹で来てラッキーだったな」

多分彼は、私が気を遣わないように配慮してくれたんだと思う。そんな彼にホッとしつつ、相変わらずの優しさが胸にじんわりと染みる。

「……っ、じゃ、じゃあ、テレビでも観てのんびりしてて！　あ、そうだ。楠木君、ハーブティーって飲める？」

「ハーブティー……？　どうだろう、飲んだことがないかも」

やはり。と思いつつ、バッグの中から今日買ってきたハーブティーを取り出す。

「何が楠木君に合うのかわからなかったから、色々買ってみたんだけど。どれがいいかな」

「そうだな……よくわからないから、砂子のお勧めでいいよ」

「そう？　じゃあこれにしようかな」

結局私が選ぶことになったので、せっかくだから今日職場で飲んだレモンバーベナにした。

レモンバーベナには鎮静効果があり、気持ちを穏やかにしてくれるという。そこに加え胃腸の調子を整えるという効果も期待できるので、おそらく仕事でお疲れの楠木君にはぴったりではないだろうか。

沸かしたお湯をハーブが入ったポットに注ぎながら、チラリと楠木君に視線を送る。

座布団の上に腰を下ろしテレビを観ている楠木君は、だいぶリラックスしているようにも見える。でも、こうやって実際目の当たりにしても、彼が私の部屋にいることがまだ信じられない。

――なんか、変な感じ……楠木君が私の部屋にいるなんて。

ポットとカップを持って彼の所に行くと、楠木君がお茶を見てフワリと微笑む。

「へえ。これがハーブティー？　どんな香りがするの？」

「ちょっと待ってね、今カップに注ぐから」

彼の目の前でカップにハーブティーを注ぐ。レモンバーベナのハーブティーはほんのりと黄色い色がついていて、その名のとおりレモンの香りが特徴だ。注ぎながらフワリと香るレモンの匂いが実に爽やか。

早速カップを手にした楠木君が、顔を近づけてお茶の匂いを嗅ぐ。

「へえ。良い香りだな」

「ほんと？　ぜひぜひ飲んでみて。味がお好みに合うといいんだけど」

香りは良くても味がダメ、という可能性もあるので、飲んでみてもらわないとなんとも言えない。

私が隣でじっと彼がお茶を飲むのを待っていると、それに気がついた楠木君が、私を見てクスッと笑う。

「なんでそんな緊張してんの。大丈夫だって、ちゃんと飲むから」

「いや、たまにハーブがダメって人いるのよ……お口に合わなかったら違うお茶もあるから、遠慮無く言ってね？」

「はいはい。砂子、そんなに心配性だったっけ？」

「いや……そういうわけじゃないんだけどね……」

これが渡会夫妻や家族だったら全然気にしないんだけど、さすがに相手が楠木君となると、やっぱりどうしても気にしてしまう。

心配する私を横目で見つつ、楠木君がカップに入ったお茶をくいっと飲む。するとすぐに、うん、と頷き笑顔になった。

「全然飲めるよ、これ。飲みやすいね」

「ほんとー？　よかった」

それを聞いて、ようやくホッと肩の力が抜けた。

——よかった、気に入ってもらえた！

「普段コーヒーばっかり飲んでるから、こういうお茶も常備しとくといいかもな。体に良さそうだし」

そう言ってまた一口お茶を飲んだ楠木君に、咄嗟に今日買ってきたお茶が入った袋を差し出す。

「じゃあ、今日これ持って帰って！　家や会社でも飲んでくれると嬉しい」

いきなり目の前に袋に入った大量のお茶が現れて、楠木君は驚いたように目を丸くする。

でもすぐに嬉しそうに微笑んでくれた。

「いいの？　なんか悪いな、こんなにたくさん」

それに対して激しく首を左右に振った。

「全然悪くないから！　むしろ迷惑かけてるのはこっちなんだし……」

今日だって私の終業時間に合わせて迎えに来てもらって、こんな狭い部屋に来てもらったわけだし。お茶でよかったらいくらでも差し上げたいくらいだ。

彼に対して本当に申し訳ない気持ちでいっぱいの私に、楠木君は優しかった。

「迷惑なんて思ってないから」

気にしないで。と微笑まれ、きゅん、と胸が小さくときめいた。

「……じゃ、じゃあ、私、食事の支度してくるね」

熱を持ち始めた顔を見られないよう、咄嗟にこう言って顔を背けた。

「うん。ありがとう」

背後から聞こえた声にまたドキドキしつつ、私は夕食の準備を始めた。

冷蔵庫に残っていたゴボウやネギ、玉葱《たまねぎ》に人参《にんじん》を適当に刻み、それらを出汁《だし》でゆでてから醤油《しょうゆ》やみりんで味をつける。最後に解凍したうどんを入れて、生卵を落とし、卵に軽く熱が通ったらできあがり。

本当に簡単なので時間もそれほどかからず、「どうぞ」と七味を添え、丼を楠木君の前に置いた。

「早いな。あっという間にできたね」

「実家にいる時からよく作ってたから慣れてるの。温かいうちに食べて？」

「じゃあ、いただきます」

割り箸を割り、両手を合わせてから楠木君がうどんを食べ始める。私はそれを固唾《かたず》を呑んで見守る。

——味見もしたし、作り慣れているから味は大丈夫なはず……

箸を手に取りつつも食べずに彼を見つめていたら、ズズっとうどんを啜っていた楠木君がブッ、と噴き出したので、つい身を乗り出した。

「大丈夫？　もしかしてマズかった……？」

ティッシュペーパーの箱を差し出すと、彼は「違う」と首を横に振った。

「砂子、見過ぎ。そんなに気にしなくても大丈夫だって。美味《うま》いよ」

彼に笑われてしまい、思わず苦笑してしまった。

「ごっ、ごめん。つい気になっちゃって。じゃあ、私も食べようっと」

小さなテーブルにうどんを置き、楠木君と向かい合って食べる。この状況にまだ慣れないけれど、いつものようにうどんを口に運ぶ。

――うん、いつもの味だ。よかった。

ホッとした私は、楠木君と仕事のことなど当たり障《さわ》りない会話を続ける。するとあっというまにうどんを食べ終わってしまった。

楠木君には座っててもらい、片付けを終えた私が彼の近くに行こうとした、そのときだった。

例の隣人が住む隣の部屋からガタン、という大きな音がした。その瞬間、ついビクッと体が震えてしまう。

「お隣さん、掃除でもしてるのかな」

「こんな時間に掃除……？　しかも壁側で音しなかった？」

姿が見えているわけでもないのにビクビクする私とは対照的に、楠木君は冷静だった。

「大丈夫だよ、俺もいるんだし。それにその人、夜に部屋を訪ねてきたりはしないんだろう？　堂々としてなよ」

「そうだけど。でも、壁一枚隔てただけで隣にいると思うと、なんかちょっと……」

私がため息をつきながら楠木君の向かいに座ると、彼がテーブルに腕を置き身を乗り出してきた。

「じゃあ、お隣にさんに俺の存在をもっとアピールするために、壁の近くで会話でもする？」

「壁の近くで？　わざとらしくない？」

「この際いいだろ」

いきなり立ち上がった楠木君が、隣人側の壁に背を向けて座り込み、床をポンと叩《たた》く。

「ここに来なよ」

「え、ええ……本当に？」

戸惑いながら彼の隣に移動して、同じように壁に背をむけて床に座った。

「こうやって並んで座って話するって懐かしいな。昔を思い出すよ」

「そういえば……そうだね」

楠木君に言われて昔のことを思い出す。

学校帰りの公園のベンチに座って話をしたり、駅の近くにあったコーヒーショップの、窓側にあったカウンター席で話をしたことなどなど……思い出すとキリがないくらい。

——今は何を喋ったらいいのか会話に悩むけど、あの頃はネタも尽きず、よく毎日喋ることがあったよねえ……

十代の頃ってってなんであんなに喋りまくってたんだろう。体力が有り余ってたのかな？

なんて考えていると、「なあ」と声をかけられた。

「ん？　何？」

「砂子は今、好きな男とか気になる男はいるの？」

隣に配慮してか、囁くように小声で聞かれた。

「えっ」

楠木君はじっとこっちを見たまま、私の返事を待っている。

今の今まで気楽な会話だったのに、急な変化に戸惑った。

「と、突然だね」

「ずっと聞こうと思ってたんだ。恋人はいなくても好きな男の一人くらい、いるかもしれないって思ってたから」

そう呟く楠木君の表情が、どこか寂しげにも見える。

彼がなぜそんな顔をするのかが気になったけど、とりあえず現段階でそんな存在はいない。

隠す気もなかったので、正直に返事をする。

「気になる人も、好きな人もいないよ」

「本当に？」

「うん」

返事をしてすぐ、二十八にもなって気になる人の一人もいないって、逆に心配されるんじゃ……と不安になった。

が、私の考えとは違い、返事をした途端、楠木君の目が一瞬鋭く変化したような気がした。

「よかった。もしいるなら、必要以上に砂子に近づかないようにしなきゃって思ってたから」

だけどそう言って笑う楠木君の笑顔はいつも通りに見えた。

——あれ？　さっきのは気のせいかな……

目をパチパチさせ、心の中で首を傾げる。

「それなら、全力で砂子の恋人として振るまえる」

「あはは、ありがと……」

「なんなら、本当に恋人になったっていい」

「またたー、いいよ、そんな気を遣わなくたって……」

ははは一、と笑っていた私だが、たった今言われた言葉に動きが止まる。

——今、なんて？

「あの、楠木君、今……」

「本当の恋人でもいいよ、俺は」

「えっ……、そ、それ、本気で言ってるの？」

「もちろん」

真剣な表情で頷く楠木君に、私の体に緊張が走る。

「楠木君、あの……それじゃあまるで、楠木君が私の事を好きみたいに聞こえるんだけど」

「うん。好きだから言ってる」

好きって言われたけど、頭がそれをすんなり理解できない。

「……なんで？」

つい聞き返したら、楠木君が「なんでって」と苦笑する。

「再会して大人の女性になった砂子がすごく魅力的で、誰にも渡したくないから」

そんな殺し文句みたいな言葉を言われたのは初めてで、ぽかんとしてしまう。

「冗談……」

「じゃないから」

「私達十年ぶりに再会したばかりなんだよ？　そんな……」

困惑して楠木君の顔を見ることができずにいると、彼が私の話を切るように口を開く。

「会えなかった時間は関係ないよ。それに俺は、この十年砂子以上に好きになった女性は一人もいない」

――一人もいないって……それ、本当に……？　でも、だったらなんで……

「じゃあ、どうしてずっと連絡くれなかったの……？　十年も想《おも》っていてくれたのなら、一度くらい連絡くれたって……」

あんなことがあって連絡しにくかったのは私も一緒だから、その気持ちはわかる。でも、楠木君みたいに行動力のある人が十年間、ただ想っているだけだったたって、なんとなく信じられない。

私が疑問をぶつけると、楠木君が一瞬眉根を寄せ、気まずそうに私から視線を逸らす。

「……それは、俺が君に嫌われたと思い込んでたせいで……でも、今思えばこっちから連絡するべきだった。そこは本当にごめん」

深々と頭を下げる楠木君を、私は黙ったまま見つめた。

「高校生の頃の自分は、勇気がなくてちゃんと気持ちを伝えられなかった。そのことをずっと悔やんでた。だから十年後の今は、君の事が好きだとちゃんと伝えたい」

無言で見つめ合う時間が数秒続き、何か言わなくては……と必死で頭を働かせる。

「く……楠木君、私のこと美化してない……？　私、十年前と同じじゃないよ？　性格だって、社会の荒波に揉《も》まれてちょっと図太《ずぶと》くなった気がするし……」

途中から自分でも何を言ってるのかわからなくなってきた。そんな私を見て、楠木君がクスッとする。

「美化なんかしていないよ。それに性格が図太くなったのは俺だって一緒だ。高校生の頃のまだガキだった俺はもういない。いや、ガキっていうか……あの頃はただのヘタレだ」

当時を思い出してか苦笑する楠木君に、私はつい眉をひそめる。

「えっ……そんなことないと思うけど。昔の楠木君、私、好きだったし」

高校生の頃の楠木君だって素敵だった。少なくとも、私が恋してしまうくらいには。

つい口走ったら、楠木君がフッと頬を緩ませた。

「昔の、か。今の俺は、砂子にとってどんな風に映っているのかな」

「今の……」

十年経ってもイケメン……いや、あの頃以上にイケメンだし、スタイルもいい。それに今のところ性格もあの頃のように穏やかで優しい。

こんな極上の紳士に付き合ってくれと言われたら、大半の女性は即座に首を縦に振るだろう。だけど。

過去に色々あったせいもあり、なんとなくすぐに答えを出すのは、今の私には難しい。

顔に迷いが出ていたのが見て取れたのだろうか。楠木君が神妙な顔になる。

「何か、俺に対して気になることがある？」

「あ、や、その……そう言ってもらえるのはすごく嬉しいんだけど、ちょっとすぐに返事は出せないっていうか……か、考える時間をもらえないかな、と……」

彼の気持ちを害さないよう、必死で言葉を選んだ。

こんな素敵な男性の告白を保留にするなんて申し訳ないとは思う。でももう、同じ人で二度失敗したくない。

「いいよ。返事をもらえるのなら、いくらでも待つよ」

にっこりと微笑む楠木君に、ホッとする。

「ありがとう。楠木君にそう言ってもらえて、本当に嬉しく思ってる。びっくりしたけど」

言いながら彼を見つめると、彼も優しい目で見つめ返してくれる。

――この人が、私を好いてくれている……

　今のこの状況が夢のようだ。などと思っていると、また隣の部屋からガタン、という音が聞こえた。

　その音に驚いて、反射的に壁から飛び退《の》いた。

「また音がっ！」

「椅子か何かの音じゃないか？　気にすることないよ」

「……っ、やっぱり少し離れない？　ここは心臓に悪いわ」

　楠木君を置き去りに、四つん這《ば》いで部屋の中央に移動する。そんな私をぽかんとした顔で眺めていた楠木君が、ブッ！　と噴き出した。

「そこまで!?　砂子、そんなに怖がりだったっけ」

「だ、だってずっと実家で賑《にぎ》やかに暮らしてたから、怖いテレビとか見ても家の中には誰かいたし……一人で怖い思いっていうのが初めてなんだよ～」

「そうか、じゃあ仕方ないか。っていうか、今一人じゃないだろ。俺がいるのに」

「それでも、楠木君が帰っちゃったら一人になるじゃん！」

「泊まろうか？」

　楽しそうにそんなことを言ってくる楠木君に、こっちはドキッとする。

「ちょ……それは……」

「冗談だよ」

返事に困っている私を見て笑うと、彼も壁から離れ、私の近くに座り直した。

「あ……お茶淹れるね。今度は違うお茶飲もうか」

「ああ、じゃあもらおうかな」

立ち上がりながら、あ、と思い出す。

「そうだ。マッサージするよ。今ご飯食べたばっかだし、もうちょっとしたらでいいかな」

言った瞬間、楠木君が微笑む。

「え、本当に？　いいの？」

これは、想像以上に喜んでくれているっぽいぞ。

「もちろん、じゃああとでするね」

家でマッサージをするつもりで、ちゃんとマッサージ用オイルも、楠木君用の新品タオルも準備してあるのだ。

「ありがとう。嬉しいよ」

微笑む楠木君を見ていると、自然とこっちも顔が緩む。

キッチンに移動して、お湯を沸かしながら、今度は何を飲もうかとお茶のパックを物色する。

——……それにしても、まさか告白されるとは……

彼に背を向けている間は顔を見られることがない。それをいいことに、さっき言われた事を思い出して一人顔を赤らめる私なのだった。

＊

「へえー、じゃあ本当に楠木君部屋に来てくれたのね」

「うん……優しいよね。絶対忙しいはずなのに、二日連続で来てくれた」

休日の午後。私は恵美が勤務するネイルサロンに来ていた。

仕事の関係で指先にネイルはしないのだが、足は自由にネイルができるので、こうやって定期的に恵美のところでジェルネイルを施してもらっている。

ゆったりしたソファーに座りながらの施術はリラックスできるし、相手が恵美なので気も使わない。私の貴重な癒やしタイムだ。

学生時代から恵美は絵が上手くて器用だった。だからネイルも丁寧でデザインはどれも可愛らしく、センスがいい。それが今ここで活《い》かされていると思うと、私もお客で来る度に嬉しくなる。

「で、久しぶりにゆっくり話す時間もあったんでしょう？　何を話したの」

「ん〜、お互いの仕事の事とか？　私が楠木君の仕事のこと全然わかってない以上に、楠木君も私がやってることよくわかってないっぽかったから、色々と説明をしたり。あ、あと、うちの店で扱ってる健康茶とかハーブティーは色々紹介した」

するとなぜか恵美が手を止め、真顔になる。

「……それだけ？」

「あ、そうだ。それとマッサージもしたよ。楠木君、すっごく体が凝り固まってて、最初指が入らなくて大変だったの」

話しながら、彼が私の部屋に来てくれた初日のことを思い出す。

床にマットレスを敷いて、そこに上半身裸になってもらった楠木君にうつ伏せで寝そべってもらい、マッサージを始めた。

オイルを彼の体と、私の手に纏わせて滑らせるように体をほぐしていくんだけど、楠木君の体が固すぎて、全然指が入っていかなかった。

『楠木君……め、めっちゃ固い……』

『ま、マジで……固いとは思ってたけど、そんなに……？　大丈夫？　無理だったらいいよ』

『いえ。私プロですから、できないとは言わないのです。しっかりやらせていただきます』

『お、おう』

ガチガチに固まったコリをほぐしてこそ、プロというもの。すっかりやる気が漲《みなぎ》った私は、しばらく楠木君の背中のコリと時間をかけて格闘した。

でもそのお陰で、マッサージの後楠木君は体が軽いと喜んで帰っていった。その顔を見られただけで、私はかなり幸せだった。

するとなぜか、ずっと話を聞いていた恵美が手を止めて私を見る。

「マッサージはいいとして……それだけ？　他にも何か話してるんじゃないの？」

鋭い恵美に、ドキッと心臓が跳ねる。

「な、何が」

「晴樹が言ってたもん。『俺に名刺を寄越《よこ》した時の楠木、見たことないくらい必死だった。あれはもしかしたら十茂のこと好きなんじゃないか』って」

「え」

「だからもう、告白くらいされてるかなーって思ったんだけど」

——すっ、鋭い……ていうか、楠木君、晴樹に何言ったの……？

ここまで見抜かれているのなら、誤魔化しても仕方ない。私は正直に、うん、と頷いた。

「実は……された」

言った瞬間、恵美がバッと顔を上げた。

「やっぱり！　で？　付き合うことになったの？」

恵美がにこにこしながら私の返事を待つ。

「……い、いえ、それがまだ……」

「なんでよ」

意外、とでも言いたそうに、恵美が眉根を寄せる。

「なんでって、ほら、十年も経つと昔の楠木君とは違うかもしれないじゃない？　だから、考える時間をくれってお願いしたの……」

んー、と何かを考え込みながら、恵美が再び私の足先に視線を落とす。

「そうかもしれないけど。でも、私、十茂はずっと楠木君のことが好きなんじゃないかって思ってたから、なんか意外だな」

「……まあ、確かにずっと彼のことは引っかかってたけど……」

私にとっては初恋だし、初めての相手だし、忘れることなんかできなかった。

でも卒業式のあの出来事が気になって、それがスッキリするまでは素直に彼の気持ちを受け止めることができない。

これって私、完全に初恋をこじらせちゃってる感じだろうか。

「実はさあ……」

ずっと変な顔をしている恵美にもこの気持ちをわかってもらいたくて、こうなるに至ったあの卒業式の出来事を彼女に話した。

さすがに恵美も想定してなかったらしく、話を聞き終えた頃には箸を置き、目を丸くしていたけれど。

「え？　楠木君が？　嘘じゃなくて？　見間違いとか……」

「見間違いってことは無いと思う。あれは、間違いなく楠木君だった。相手の子の顔はわかんなかったけど」

「それで十茂、楠木君と連絡取らなくなったの？」

「……だって、あの時は好きって言われてなかったから、自信なくて……」

なんとなくばつが悪くて、恵美から目を逸らす。そんな私を呆《あき》れるように、恵美が大きなため息をついた。

「……何やって……それこそ、その場に乗り込んでいって、『何やってんのよ』くらい言わないと‼」

「そ、そんな！　恵美はできるかもしれないけど、私はそんなことできないよ！　あの時は彼女でもなんでもなかったんだし……」

体の関係はあったくせにと内心自分で自分に突っ込んでいると、やれやれ、と言いたそうに恵美が再び筆を手に取った。

「そっか。なんか、いろいろ話が見えてきたなあ……十茂がずっと彼氏作らなかったのって、それが原因だったりする？」

完全にそれだけが原因というわけでは無いけれど、少なからず影響はしていると思う。

「……うん、多分」

「それじゃあ、今度はそのトラウマを払拭《ふっしょく》する良いチャンスかもよ？　楠木君と話して、卒業式の時のことちゃんと説明してもらいなよ。彼のことだから、絶対二股とかではないと思うんだけどな」

「なんで二股じゃないってわかるの？」

おずおずと恵美に尋ねる。

「だって、あれだけのイケメンだよ？　女なんか湧いて出るほど寄ってきただろうに、わざわざ十年も会っていなかった十茂に告るなんて、よっぽど好きってことなんじゃない？　そんな人が二股とかするかな？　まあ、絶対無いとは言い切れないけど、私、彼は違うと思う」

「そっか……」

恵美にきっぱり言われると、そうなのかなという気もしてくる。

あの時のことを彼に聞くのは正直イヤだけど、やっぱり聞かないわけにはいかない。

「わかった、近いうちにちゃんと聞いてみる」

「うん。それがいいよ。頑張れ！」

「ありがと」

綺麗にフットネイルまで塗ってもらい満足した私は、近いうちに絶対このモヤモヤを晴らすと心に決め、帰路についたのだった。

＊

会議を終え自分の席に戻ってくると、すかさず秘書が近寄ってくる。

秘書をしてくれているのは、自分よりも二つ年下の碇《いかり》という女性だ。

百七十を超える長身にキリリとした顔立ちで、さらさらのロングヘア。そのクールな容姿からして見るからにできる女、といったこの女性が秘書となり、もう三年になるだろうか。

「楠木さん、コーヒーでも淹れましょうか？」

ちなみにうちの社では、ＣＥＯである自分に対しても社員と同じように「楠木」と呼ぶようにお願いしている。理由は単純、ただＣＥＯと呼ばれるのが恥ずかしいからだ。

「ん？　ああ……あ、いや、ちょっと待って」

いつもなら迷い無くコーヒーを淹れてもらうところなのだが、先日砂子にもらったお茶を持って来たことを思い出した。

「これ淹れてくれるかな」

鞄《かばん》の中からお茶を取りだし碇に手渡すと、彼女はパッケージに書かれたお茶の淹れ方をじっと見つめる。

「ああ、ハーブティーなんですね。楠木さんが買われたんですか？」

「いや、友人がくれたんだ。コーヒーばかりじゃなくて、たまにはこういうのもいいんじゃないかって」

するとすぐに、碇がキリッとした顔で俺を見た。

「ご友人……女性ですね？」

「ああ。学生時代からの友人なんだ」

はっきり言うと、碇は物珍しそうな顔で俺を見る。

「ますます珍しいですね。これまで楠木さんから女性の話など聞いたことありませんよ？」

「だろうね。話したことないから」

「あまりに女性の噂《うわさ》がないので、うちのＣＥＯは女性に興味がないと皆が噂してたんですが……違ったんですね」

「違わなくもないけど。俺が興味あるのは、たった一人だから」

とくに何も考えずにこう言って頬杖《ほおづえ》をつくと、碇が口角を上げた。

「興味ありますね。楠木さんが興味を持つ唯一の女性という方に」

「普通の女性だよ」

碇は教えてくださいと目で訴えかけてくるが、わざとらしく目を逸らす。

彼女について聞かれても、話す理由もないので詳しいことは言わない。

「どんな感じの女性なんですか？　同じような業界の方ですか？」

意外としつこいな。

「いや、全然違う。でも彼女といると気持ちが落ち着くし、癒やされるんだ」

それだけ教えると、碇が興味深そうに「ほう……」と唸《うな》る。

「その女性が楠木さんにとっての癒やしの存在というわけですか。このところ夜の予定を入れないのは、それが原因だったりします？」

碇はハーブティのパックを見ながら俺に問う。

「鋭いな、さすが碇。伊達《だて》に三年俺の秘書やってないね」

「もうお付き合いは始めてるんですか？」

「いや、まだ。最近再会したばかりなんでね」

話すつもりはなかったのに、碇に聞かれるとなぜか話してしまう。おかしいな、こんなに話す予定ではなかったのに。

「ということは、今、楠木さんは本気でその女性を口説《くど》いている最中……ということでよろしいですか？」

「そういうことになるね」

答えてはいるが、なんでこんなことまで秘書に報告せねばならんのだ……と変な気分になる。

そんな俺の顔を見て碇は、ようやく納得した、とばかりに大きく頷いていた。

「では、陰ながら応援しておりますので。何か協力が必要な場合は、なんなりと仰《おつしや》ってください」

「ありがとう。もし何かあったときは頼むよ」

「はい。では、お茶を淹れてきますね」

一礼して部屋を出ていく碇を見届けてから、早速パソコンのモニターと向かい合う。

今日は砂子が休日のため、彼女の家には呼ばれていない。

だけど何かあったときに彼女の所にすぐ行けるよう、仕事は夕方までになるべく終わらせておきたい。常日頃そう思うようになり、結果的に砂子と再会してから仕事の効率がグンと上がった。

それに彼女からもらったハーブティーやお茶を飲んだり、彼女の部屋に行ったときは軽くマッサージをしてもらっているお陰か、最近体が軽くなって寝つきもよくなった気がする。そうなると自然に疲れも取れて目覚めもよく、以前よりも体調がいい。

彼女と再会後は自分にとっていいことづくめ。これで彼女が恋人になってくれたら、言うことなしなのだが。

告白してまだそう日にちも経っていないが、砂子からはまだ返事はない。本当は一日も早く答えを出してほしいところだが、彼女は隣人からのプロポーズにおののき、おびえている真っ最中。そんな彼女に早く答えを出せと迫ることはできない。

焦って事を進めて、彼女に嫌われるようなことになれば、長年のこの思いは行き場を失ってしまう。

しかし、この前告白したとき、彼女は何か言いたそうにしていた。多分、それが彼女を迷わす原因になっていると思うのだが。

――彼女は何を気にしているのだろう……？

いろいろ気にはなるが、とりあえず今は仕事を片付けることが先決だ。

俺は一旦彼女のことを考えるのはやめ、キーボードを打つ速度を上げた。

第五章　気がかりなことは、早めに対処を

早番の週を終え、遅番で出勤する週になった。

遅番なら出勤時は隣人に会わないだろうと安心しきっていた私だが、家を出るといきなりコンビニの袋を手に部屋に戻ってきた隣人の小田さんに遭遇してしまった。

――ぎゃ――――ッ‼　そうだった、今日、月曜だけど祝日……‼

叫びたくても驚きすぎて声にならず、ただ固まって隣人を見たままフリーズする私。

しかし、そんな私とは違い小田さんはどこか冷静だった。

「……おはようございます……」

「え？　あ？　おはようございます……」

まさか挨拶をされるとは思っていなかったので驚いた。

「彼氏……イケメンですね」

「えっ」

「彼氏がイケメンだと、モテそうで不安になりませんか」

いきなり楠木君がらみのことを聞かれ、逆にこっちの顔が強《こわ》ばってしまった。

――動揺してはダメよ私……!!　ここは自信を持って、毅然《きぜん》と対応しないと……!!

「い、いえ。彼のこと信じてるんで、大丈夫です！」

きっぱり言うと、しばらく私の顔をじっと見ていた小田さんは、眉間に皺《しわ》を寄せハアーと大きくため息をついた。

「そうですか……」

小田さんはそう言って部屋に入っていってしまった。

呆然《ぼうぜん》としたままその光景を見つめていた私の頭は、数秒遅れで今の状況をだんだん理解していった。

――……納得してくれた、のかな……？

つまり、楠木君に協力してもらった成果が出た、ということだろうか？

そう思った途端、じわじわと喜びがこみ上げてくる。

――よかった……でも、まだ安心するのは早いよね。

念には念を入れ、楠木君には本当に申し訳ないが、もうしばらく協力をお願いしなければ。

小田さんの部屋の前を通過して階段を下りていると、別のことを思い出してハッとする。

今度楠木君に会うときは、あのことを聞かなくてはいけないのだった。卒業式のあのことを。

――そうだった……。でも、聞くのイヤだな……盗み見ていたことも、そのまま声を掛けずに逃げ帰ったことも、すごく後ろめたいし……

もう十年も前の事なのに、今でも鮮明に思い出しては気持ちが暗くなる。でも、いい加減はっきりさせなくては前に進めない。

「はー、やだな……」

こんなとき自分がすごくヘタレでいやになる。この性格は昔から全然変わっていない。

大人になったのは外見だけで、中身はいつまで経ってもあの頃のままだ。


職場に到着して仕事を開始し、最初のお客様の施術が終わったあと、休憩を取りながら来週の予定を楠木君に連絡した、すぐに次の日曜にどこか行こう、というお誘いのメッセージが帰ってきた。

私は普段日曜も仕事なのだが、この日は他のスタッフの都合もあり、たまたま日曜が休み。楠木君は言わずもがな日曜は休日。

お互いの休日が珍しく一致したから、気分転換に誘ってくれたのだろうか？

――デ、デートかな、これ……？

これまで何回か会ってはいるものの、迎えに来てもらって一緒にうちに行き、軽く食事をして喋っているだけ。はっきりいってどれもデートと呼べるようなものではなかった。

だから余計、こういう誘いにときめく自分がいる。

——どこか、か。どこ行こう？

楠木君が興味がある事ってよく分からないし、彼が喜びそうな場所がまず思い浮かばない。でも出かけることは問題ないので、わかりました、というメッセージは送っておく。

——楠木君とデート……！

その時にいろいろ聞かなくてはいけないこともあるのだが、今はただ彼と昔みたいに外で会えることが素直に嬉しかった。


そして楠木君と出かける日曜日当日。

朝からソワソワして落ち着かない私は、早々に用意を済ませ、迎えに来てくれるという楠木君を自分の部屋で待っていた。

日曜日は隣人が家にいる可能性が高い。そのことを考慮してか外で待たずに部屋の中で待っててと気を遣ってくれる楠木君には感謝しかない。

約束の時間まであと五分となったとき、インターホンが鳴った。多分楠木君だろうと思いながらモニターを見ると、やはり彼だった。

「おはよ」

ドアを開けた途端、楠木君の眩《まぶ》しいくらい爽やかな笑顔にいきなりドキドキする。それにこれまでスーツ姿が多かった楠木君が、今日はUネックの白いシャツに黒のジャケットを合わせ、下はデニムというラフなスタイル。

そんなカジュアルなスタイルに合わせてか、いつもキッチリと纏めている髪も整髪料を使用せず、前髪も下ろしているため、いつもよりだいぶ幼く見える。

イケメンでスタイルが良いと、何を着てもどんな髪形も似合うのだなと見とれてしまった。

「お、おはよ」

いつにも増して輝いているように見える楠木君におののきつつ、バッグを肩にかけ家を出た。

隣人の部屋の前を通り過ぎ、マンションを出て彼の車に乗り込むと、「さて」と楠木君が私の方を向く。

「今日なんだけど、昼はレストランを予約してあるんだ。フレンチ大丈夫？」

「うん。大好き！」

――フレンチ～！　嬉しいな。

本当に好きなので、自然と顔が緩んでしまう。そんな私を見て、楠木君も頬を緩める。

「よかった。それ以外は特に決めていないんだけど、どこか行きたいところとか、したいことはある？」

――行きたいところ、行きたいところ……

逡巡《しゅんじゅん》した結果、私の頭の中にある場所が浮かぶ。

「この前できたショッピングモールに行ってみたいかも。でも、そこは時間かけてじっくり見たいから、食事の後でいいかな」

　郊外に大きなショッピングモールができたので、オープン当初から行きたいなーと考えていたことを思い出した。

「じゃあ、食事の前はそのレストランの近くを散策する感じでいい？」

「はい、いいです」

　私が頷くと、楠木君はニコッと微笑み「じゃ、行こう」と言ってハンドルを握った。

　駐車場から出て、予約しているレストランまで、しばらくの間ドライブとなった。

　学生時代はもちろん、車でドライブなんてしたことがない。だから今こうして彼が運転する車に乗ってドライブしていることが、なんだか変な感じ。

　十年前と一緒のようで、実はいろんなことが違う。それだけ私達が年を重ねてきた証拠だ。

　そんなことを考えながら、運転している楠木君をチラリと見る。

「……何？」

　私の視線に気がついた楠木君が、正面を見据えつつ一瞬だけこっちを見た。

「ううん。なんか、楠木君大人になったんだなーってしみじみ思ってた」

　何かがツボったのか、いきなり楠木君がブッ、と噴き出した。

「そりゃお互い様だろ。十年だからね、大人にもなるよ」

「だよね……でも私、十代の頃と考え方とか性格、あんまり変わってないと思う」

「砂子は高校の頃から落ち着いてたしな。そういう面では確かにあまり変わってないかも。だから今でも君のことが好きって言えるのかもしれないな」

何気なく「好き」という言葉が含まれていたので、ドキッとしてしまった。

「さりげなく告白を挟むの勘弁してください」

助手席で肩を竦めていると、楠木君の声に笑いが混じる。

「今の告白になるのかな？　深く考えてなかった」

「好きなんて言われたら、ドキッとするじゃん……」

「ドキドキしてもらったほうが俺は嬉しいけどね」

——またそういうことを言う……楠木君って、こんなキャラだったっけ……？

昔は物腰が柔らかくて、優しくて、だけど私が言ったことに笑ってくれたりして、とにかく一緒にいると心地よかった。

そんな楠木君もさすがに十年経つと、こんなさりげないアプローチが上手な大人の男性に変化してしまうのか。

——私以上に好きになった女性はいないっていってたけど、この十年の間におそらく彼女の一人や二人いたよね、これは……

私の中でその思いが確信に変わる。

「もうすぐ到着するよ」

「あ、はい」

彼が予約をしてくれた店は大きな商業ビル内にあるらしい。車に乗ってからそのビルを教えてもらい、何気なくスマホで検索してみたら、私が好きそうな雑貨屋やアパレルブランドが入っている事が判明した。

普段徒歩圏内で買い物を済ませている私としては、滅多《めった》に行かない場所で買い物をしたいという欲求が沸々《ふつふつ》と湧いてくる。

「楠木君、食事の前まで買い物してもいい？　レストランが入ってるビル、気になるお店がいくつか入ってた」

おずおず尋ねると、楠木君はそれを快く承諾してくれた。

「もちろんいいよ。食事の時間まではまだあるから」

ビルの地下駐車場に車を駐め、車を降りた私達は、ビルでしばしの買い物タイムとなった。

といっても買い物をしたいのは私だけなので、ただ楠木君を付き合わせているだけなのだが。でも、女性向けのアパレルブランドや店内にほぼ女性しかいないような雑貨店に、ただでさえ目立つ楠木君を連れて行くのはかわいそうかも。

「あのー、楠木君。もし見たいところがあったら私に構わず行ってくれていいからね？」

それとなく気を遣ってみるが、「ありがとう」と微笑みを返された。

「自由にやってるから、砂子も自由に見て回ってくれていいよ」

「うん……こっちこそありがとう」

なんだかお互いに気を遣いまくっているようなこの状況に、苦笑いしてしまう。

——まあ、いいか。そう言ってくれるならパパッと買い物済ませちゃおう。

楠木君を連れ私が最初にやってきたのは、私がよく買い物をするアパレルブランド。ここはシンプルなデザインで着回しがしやすいので、トップスもボトムスもかなりヘビロテさせてもらっている。

忙しいときはネットで買ったりもするけれど、洋服に関しては素材もチェックするポイントの一つなので、できるだけ直《じか》に手に取ってから買いたい。

私が何気なくタートルネックの長袖シャツを手に取って見ていると、いつの間にか楠木君が隣に来て、私の手元を覗き込んでいた。

「この店の服が好きなんだ？」

「うん。デザインも好きだけど、素材も自然素材がメインだから、肌触りがよくて好きなの」

するとおもむろに彼もシャツを一枚手に取る。

「ああ、本当だ。触り心地がいいね」

「でしょ」

言いながら楠木君の服をチラリと見る。

見た感じ上質そうなジャケットに、その下のシャツは皺一つ無い。

――楠木君て、自分で服にアイロンとかかけるのかな？

徐々に疑問が湧いてきたので、おもいきって聞いてみる。

「楠木君って、実家住まい？」

「いや、一人暮らし」

――ということは、やはり自分でアイロンを……

ちゃんとしてるなー、という尊敬の眼差《まなざ》しで彼を見つめると、なんでこんな目で見られているのかが、わからないという顔をされる。

「何？　何か気になることでもあった？」

「ううん、たいしたことじゃないから」

にっこり笑って誤魔化したら、さらに困ったような顔をする楠木君に私もつい顔が緩む。

もっとゆっくりじっくり服を選びたいところだが、あまり楠木君を待たせるのも申し訳ない。なので、ぱぱっと必要な服を選んでレジに持って行った。

通勤で着るトップスを二枚と、ボトムスを一枚買う。

これで古くなった服を捨てられる、とホクホクしながら、ショップの手提げを持って楠木君の姿を探すと、彼はショップの女性店員さんと話をしていた。

おそらく私達よりも若い女性店員さんが、何枚かの洋服を手に彼に話しかけている。

――洋服お勧めされてるのかな？

深く考えずに彼の元へ行く。

「楠木君、お待たせ」

私が声をかけると、彼はホッとしたような顔をする。もしかして、ちょっと困ってた？

「うん。じゃあ、僕達はこれで」

会釈された女性店員さんは、しばし楠木君に見とれていたが、私の存在に気がつくとハッとなって頭を下げてくる。

「あ、はい！　ありがとうございました！　またお待ちしておりますー‼」

店を出て少し進んだ辺りで、彼に今の店員さんに何を勧められていたのか聞いてみた。

「ぶらぶら見てたら声掛けられてさ。なんか、色々似合いそうだから試着はどうかって勧められて。時間ないからいいですって断ってたんだけど、結構押しが強くて困ってた」

やっぱり困ってたのか。

「なんだ、そうだったのね。でも楠木君てスタイル良いから何着ても似合いそう。店員さんの気持ち分かるかも」

「そうかな。俺、服はあまり冒険しない派なんだよな」

ポツポツ話しながら、今度は違うフロアへ行くと、すぐに行きたかった雑貨店が見えてきた。

「あ、あった。この店に入ってもいい？」

「もちろん」

今度の店は石けんや洗剤、オーガニックの化粧品などを扱うショップだ。

緑色と茶色を多く使用した店内は、見るからに自然派といった感じ。木製の棚には所狭しと

オリジナルの商品が置かれており、これは女性が好みそうな雰囲気だ。

私もそういうお店に勤務しているけど、やっぱり店によって扱っているものとないものがあるので、たまにこうやって他の店を見るのは楽しいし、勉強になる。

「うちで扱ってない化粧品いろいろあるなー……」

ブツブツ言っていると、別のコーナーを回ってきた楠木君が私の隣に戻ってきた。

「砂子って、こういうお店が好きなんだ？　勤務してる店もそんな感じだろう？」

「うん。そうなの。だからこういうお店があると、つい入っちゃう」

「高校の頃からそうだったっけ」

私はううん、と首を振った。

「昔はそうでもなかったんだけど、専門学校のときに化粧品でかぶれちゃってね。それからかな、こういう店によく行くようになったのは」

私が専門学校生の頃、とくにこだわりもなく適当に購入した化粧品を使用したところ、たまたまそれが肌に合わなくて顔が真っ赤に腫《は》れ上がってしまったことがあった。

それがあってから使うならなるべく肌に優しく、自分に合ったものを選ぶように気をつけており、就職先に今の店を選んだのはそういった事情もある。

「そうか、なるほど」

頷きながら、楠木君が手作り石けんを手に取る。

「楠木君、お肌は丈夫な方？」

「多分。でもシャンプーは頭皮に優しいものを選んでるかな。将来が不安だから」

「将来……」

言われて思わず彼の頭を見てしまう。でも今のところ、心配なさそうな毛量である。

「見た感じ大丈夫そうだけど？」

「そうかな。でもやっぱり刺激になるようなことは止めようと思ってる。あとで後悔するのはイヤだし」

そう言って肩を竦める楠木君に、思わず笑ってしまう。

「ちょ……やめて、笑っちゃうから」

「もう笑ってるし。でも、禿《は》げたら禿げたで頭丸めるからいいんだけどね」

楠木君が笑いながら言うので、こっちもつい顔が緩む。

頭を丸めた楠木君を想像してみたけど、イケメンだから普通に似合いそうだ。

気を取り直して、気になるものをいくつか買ってみた。乾燥が気になるときに顔にスプレーする化粧水とか、ハンドクリームとか。

楠木君も私につられてか、手洗い用の液体石けんと、洗濯用の洗剤を買っていた。

「楠木君、洗濯洗剤はこだわりがあるの？」

店を出て歩きながら、何気なく尋ねる。

「こだわりっていうほどでもないけど、あんまり匂いのきついヤツはダメなんだ。気分が悪くなるから」

「なるほど。じゃあ、もしかして柔軟剤も使わない派？」

「そうだね、使わない」

「そっか」

私は洗剤も柔軟剤も使うけど、柔軟剤の匂いに敏感な人は結構いると聞いたことがある。

「ということは、香水とかもダメってこと？」

「ん？　いや、そういうわけでもない。もちろんキッツいのはダメだけど、フワッと香る程度なら好きだよ」

「へえ……」

なるほどー、と頷いていると、急に楠木君がこっちを見る。

「さっきから質問ばっかりしてどうした？　俺のこと、もっと知りたくなった？」

口元に笑みを浮かべ私を見る楠木君に、ドキッとして狼狽《うろた》える。

「え？　いや、その……」

「興味を持ってもらえるのは嬉しいから、聞きたいことがあったらどんどん聞いて？」

「……う、うん」

どんどん聞いて、と言われても急には思い浮かばな……あ。

――そうだ、あのことを聞くチャンスじゃない？

ずっと聞きたいけど聞けずにいた卒業式での出来事を、今ここではっきりさせるべきではないだろうか。

そうと決まれば、今すぐにでも。

私は改まって楠木君を見る。

「あのさ、高校の卒業式のときのことなんだけど……」

私が急に十年前のことを口にしたので、さすがに予想していなかったのか楠木君が歩みを止め、驚いた顔で私を見る。

「高校の？　なんかあったっけ？」

「あ、うん……ちょっと、避けようか」

私も歩くのを止め、通路の端っこに二人で移動する。

その口ぶりからして、彼に後ろめたさなどは全く感じられない。こうして聞くこと自体、無意味なんじゃないかと思ってしまいそう。でも聞くけど。

「いやー、その……私、卒業式の後、楠木君と話したくて探してたんだよ。でも、見つからなかったから楠木君のクラスの人にどこにいるか聞いて、教えられた場所に行ったの。そしたら、楠木君、女の子と抱き合ってて……」

「え？　抱き合う？」

楠木君は私が言ったことに対し、虚を衝《つ》かれたような表情になった。

そんな顔をされると間違ったことを言っているような気になってくる。でも、あのとき確かに私は見た。記憶に間違いはない。

「うん。私からは楠木君の背中しか見えなかったけど、いきなり背中に女の子の手が巻き付いて……。私、それ以上は見ちゃいけないと思って、そこから逃げちゃったんだけど」

私が記憶の糸を辿《たど》りながらポツポツ話していると、ちょっと待って、と彼に制止される。

「確かにそうだけど、でもそれには事情があるんだ」

「……事情？」

「色々思い出した。あれは……言いにくいんだけど、相手の女の子に好きだって言われて。もちろん、俺は砂子が好きだったから、すぐにごめんと謝ったよ。でも……それをわかってもらうのに時間がかかってしまって」

「……うん」

楠木君は、すごく言いにくそうに言葉を選んでいた。

「で、最終的に諦めてもらうにはどうしたらいいかって話になって。それで相手の子が、諦めるから、そのかわり一度で良いからハグしてくれって言うんで、仕方なくその通りにした」

「ハグ……」

——長年ずっと気になっていたあの場面が、ただのハグ……

その事実が判明した途端、私の体から力が抜けていく。

楠木君の顔を見てぼんやりしていると、彼が申し訳なさそうに頭《こうべ》を垂れる。

「ごめん。今考えるとするべきじゃなかった。でもあの時は、早く話を切り上げたい気持ちが強くて、相手の言うとおりにするしかなかった」

あの日は卒業式で場の雰囲気も独特だった。そんな中、早く友人達の所に戻ろうとした楠木君が、焦ってそういう行動に出たことは容易に想像できる。

——もしかして、してくれなきゃ諦めない！　ってごねられたのかな……

自分がもし楠木君の立場だったら、相手の気持ちを落ち着かせるために、はいはいって深く考えずあっさり要求を呑んでしまうかも。

となると、彼を責めたりなどできない。いや、はなっから責めるつもりなどないのだが。

「そっか……それならいいの。ごめん、私ももっと早く聞けばよかったね」

全然気にしてないよと明るく振る舞う。だけど楠木君は真剣な表情を崩さない。

「砂子、もしかしてそのことずっと気にしてた？」

鋭い指摘に、思わずウッとなる。

これ以上顔に出さないよう必死で平常心を装うが、楠木君には全部見透かされていそうな気がする。

「なんでそう思うの？」

「いや、この前気持ちを伝えた時に、何か言いたそうにしてたから。きっと砂子の中で、すぐに答えを出せない何かがあるんじゃないかなって思ってたんだ。もしかして、このこと？」

　完全にバレているので、もう誤魔化すのは諦めた。

　私は彼の目を見て小さく頷く。

「うん、まあ……」

「やっぱりか……ほんとごめん。誓ってハグ以上のことはないから。って、今更言っても遅いかもしれないけど」

　申し訳ない、と頭を下げてくる楠木君に対し、逆に申し訳ない気持ちになる。むしろ十年前のことを未だに引き摺っててごめんなさい、とこっちが謝りたくなる。

　——うん……………謝ろう。

「こっちこそごめん、昔のことなのにいつまでも気にしてちゃダメだよね。でも、これですっきりした。思いきって聞いてよかった」

　彼に心配をかけないよう笑顔を作る。だけど楠木君はまだ神妙なままだ。

「……そう？　本当に？　他にも何か気になっていることとかある？」

「ううん、もうない」

「そうか……よかった」

ようやく安心した、と頬を緩める楠木君に、私もホッとする。

——欲を出せばその相手が誰なのか知りたいけど、今は誤解だったことがわかっただけでもよしとしよう。

いくらか気持ちが楽になって呆《ほう》けていると、楠木君が何気なく腕時計に目を遣った。

「そろそろ予約の時間だ。行こうか」

「あっ。うそ、もうそんな時間？」

楠木君に言われて慌ててスマホで時間を確認すると、確かに予約の時間まであと十分ほどになっていた。

——まだ見たいお店あったけど、またの機会にするか……

少し残念な気持ちでこのフロアを後にし、目的のレストランがあるフロアに移動する。

いくつかのレストランやカフェが入るこのフロアを、楠木君は勝手知ったる感じでスタスタと進んでいく。

「楠木君はその店によく来るの？」

「いや、全然。同僚に教えてもらって一度来たくらい」

「美味しかった？」

「うん。じゃなきゃ砂子を連れてこようなんて思わない」

彼は横にいる私にチラッと視線を送り、クスッと笑う。

「あ、ありがとう」

――やば。かっこよくてときめく。

一人で勝手にドキドキしながら、彼の後に続いてレストランに入った。

入口にいた店員に彼が声を掛けると、窓際の席に通された。

この店はカジュアルなフレンチが人気の店らしく、店内は清潔感のある白で統一され、私達の他にテーブルに着いているお客様は年代も様々。皆、お喋りをしながら食事を楽しんでいるようだった。

――へえ。おしゃれだけど、気後れせず入れる素敵なお店。

店内を見回していると、楠木君が声を掛けてくる。

「砂子、アレルギーとかは無いって聞いてたから、事前にランチコースを頼んであるんだ。それでよかった？」

「ありがとう。うん、大丈夫だよ、なんでも食べられます」

ドリンクのメニューを手渡されたけど、コースの最後にコーヒーが付くので、とくに注文はしなかった。

「砂子って、お酒は飲む方？　飲まない方？」

ドリンクメニューを受け取りながら、楠木君が聞いてくる。

「んー、どっちかと言えば飲まない方かな」

「酒、弱いの？」

「どうだろう？　夜、仕事から帰ってきてたまーに缶チューハイとか飲むんだけど、ちょっと飲んだだけですごく眠くなっちゃうから、一缶全部は飲めたことがない……」

「それ、確実に弱いでしょ」

水を飲みながら彼がクスクスと笑う。

「楠木君は強いの？」

「どうかな、普通だと思うけど」

「強そうに見えるな～」

根拠は無いけど、そんな気がしてならない。これに対して楠木君が苦笑する。

「なんでだよ。そんなに強くないって」

「いや、その……立場上、接待とかで鍛えられてそうだなって」

「いや、俺あんま接待好きじゃないから行かないし」

私が言ったことに対して、楠木君はクスクス笑う。

そんな彼を見ていると、私との会話を楽しんでくれているようで嬉しくなる。

食事も楽しみだけど、今はこうやってなんでもない会話を楽しめることが、何よりも幸せな気がした。

お料理はアミューズから始まり、オードブルとスープ。アミューズは新鮮なサーモンを使ったワンスプーン料理で、サーモンの美味しさはもちろんのこと、スプーンという狭い場所にも関わらずちゃんと料理として成立している深い味わいだった。

オードブルは旬の野菜を使ったテリーヌで、スープはシャンピニオンのポタージュ。テリーヌは色とりどりの野菜を使っているので見た目が美しく、ポタージュは濃厚で、どちらも美味しい。一緒に出されたこの店で焼き上げているというパンもこれまた美味だった。

「美味しい……どれも美味しい……」

食べては料理の美味しさに感動する私に、楠木君も嬉しそうに微笑む。

「喜んでもらえてよかったよ。でもまだメインはこれからだからね」

「そうだった」

出される料理が全て美味しいとなると、メインは絶対美味しいはず。自然と期待も高まる中、運ばれてきたメイン料理は牛ホホ肉の赤ワイン煮込みで、目の前に置かれた瞬間そのビジュアルに目を惹《ひ》かれた。

「うっわ、美味しそう。これ、間違いないね」

「だね。いただこうか」

先に楠木君がナイフを手にし、牛肉をカットする。

「どう？　軟《やわ》らかい？」

無意識に手を止め、彼が肉にナイフを入れるのをじっと見つめる。それを見た限り、かなり肉は軟らかそうだ。

「ああ、すごく。砂子も食べてみなよ」

「じゃあ、いただきます」

彼に促されて私もナイフを肉に差し込む。彼の言うとおり、力を入れなくてもスッと切れた。

「わ、すごい。軟らか……」

それだけでも感動したのに、口に運ぶとその感動はもっと大きくなる。軽く咀嚼《そしやく》するだけで身がホロリと崩れ、あっという間に口の中に肉の旨味が広がっていった。

――なにこれ。めちゃくちゃ美味しいんだけど‼

「……ッ……」

感動して声が出ない。

「どうした？」

「大丈夫……ただ美味しすぎて声が出なかっただけ……」

「大げさだな」

私を見て、楠木君がクスッとする。

美味しさを噛《か》みしめながらメインを完食した私達は、最後のデザートであるクレームブリュレをペロリと平らげ、すっかり満腹。

コーヒーを飲んでまったりしていると、カップを置いた楠木君が軽く身を乗り出してくる。

「で、砂子。あれから気持ちに変化はあった？」

いきなり尋ねられて、ん？　と首を傾げた。

「気持ちって、なんの？」

「俺に対する気持ち」

楠木君はすっかり忘れている私に苦笑する。そんな彼を見て、今更ながら先日の告白を思い出す。

「あっ……‼」

料理が美味しくてすっかり忘れていたが、そうだった。私は未《いま》だ、返事を保留中の身なのだった。

「ご、ごめん……‼　ご飯が美味しかったから、そのことで頭いっぱいになってた」

楠木君はその辺りは突っ込まず、ただ口元に笑みを浮かべ私を見つめる。

「それもいいんだけどね。俺としては、君が不安に思っていたことが解決したのなら、改めて俺とのことを考えてほしいと思ったんだけど……どうだろう？」

「そうだけど、あの、でも、楠木君いくらでも待つって言ったよね？」

「ああ。でも、気になることもうないんだろ？　望みがあるかどうか、それだけでも聞かせてもらえると嬉しいんだけど」

「えっと……」

そう言ってにっこりされると、今、答えを出さなくてはいけないような気になってくる。

ここでそういう話になるとは思っていなかったから、急に言われると動揺してしまう。その証拠に、急激に緊張してきてちょっとお腹が痛い。

でもよくよく考えたら、私の中で一番気になっていたことがクリアーになったわけだし、もう過去の事を気にして必要以上に楠木君と距離を取る必要はないのでは？

むしろ相手は十年前初めてを捧《ささ》げたくらい好きだった人。それに今現在、彼とこうして一緒にいるのはとても楽しいし、このところ楠木君に何度もときめいてしまっていた。

そのたびに私は今でも彼のことが好きなんだと、改めて思い知った。

――私は……この気持ちにちゃんと向き合いたいし、あの頃のように気持ちを伝えないままではいたくない。

自分の中で出した答えに二、三度小さく頷くと、改めて楠木君を見る。

「楠木君……私も、あなたのことが好きなんだと思う」

じっと私を見ていた彼の目が、少し大きく見開かれた。そして何かを言おうと口を開きかけたが、私はそれを制止する。

「ちょ、ちょっと待って。好き、だけど！　私、どっちかというと昔の楠木君への気持ちの方が大きいかもしれないの。だからその辺りがまだ微妙っていうか……」

彼のことが好きだけど、今現在私が好きなのは昔の楠木君かもしれない。でも楠木君は、私が言わんとしていることをすぐにわかってくれた。

「そうだよな。確かに一緒に過ごした時間は昔の方が多いから……でも俺だってそれは一緒だ。君に対する好きという気持ちの土台は十年前の君への気持ちでできているから」

「でも私、今の楠木君もちゃんと好きだよ。だから……できればこれからは、大人になった楠木君を好きになっていきたいかな、と……」

ここでハッとあることに気付く。

——ちょっとちょっと私。さっきから好きを連呼してないか……

何回も好きと口にしていたら、だんだん顔が熱くなってきてしまい、つい頬を押さえて下を向いた。

「よかった……」

私が下を向いたのとほぼ同時に、楠木君がこう言って椅子の背に凭《もた》れる。その表情は安堵《あんど》に満ちていた。

「楠木君？」

「ずっと待つとは言ったけど、やっぱり待つのは結構しんどかった。だから今日、望みがないのならいっそきっぱりと振ってくれ、と思ってこの話を切り出したんだ。でも、良い返事が聞けてよかった。すごくホッとした」

はあー、と大きく息を吐いてから、楠木君は体を起こし、私と視線を合わせる。

「じゃあ……砂子。ちゃんと俺と付き合ってくれる？」

「はっ、はい！　よろしくお願いします」

背筋を伸ばして一礼すると、楠木君が嬉しそうに綺麗な顔を緩ませた。

「こっちこそよろしくお願いします。末永《すえなが》く」

「はい、私も……」

言いながらふと思う。末永く、とは、もしかして結婚を意味するの？

言葉の意味を勝手に深読みしドキドキが加速する。その証拠に、足が小刻みに震えていて今立ち上がったら大変なことになりそうだ。

この状態を楠木君に悟られないよう、私はゆっくりコーヒーを飲んで、必死に気持ちを静めた。

私がコーヒーを飲み終えた頃、楠木君が店のスタッフに視線を送る。

それを合図と受け取り近づいてきた店のスタッフが、彼に伝票を手渡す。

――あ、お会計。

私がバッグから財布を出そうとすると、先に彼が伝票と一緒にカードをスタッフに手渡した。

「ここは俺が」

財布からお金を出そうとする私を、楠木君が手で制す。

「え、そんな！　いいよ。私も払う」

「いいって。今日は俺たちが付き合い始めた記念日だろ？　嬉しいからここは払わせて。それに砂子にはこの前ハーブティーもらったから、そのお礼も兼ねて」

「ええ……」

嬉しいのは私も一緒なんだけど。それにハーブティーは社割が使えるから、こんなに豪華な食事をご馳走《ちそう》してもらうほどではないのに。

しかしこの場で払う払わないで揉めるのもどうかと思い、ここは彼の好意に甘えることにした。

「じゃあ、今日はご馳走になります。ありがとう。でも今度は私にご馳走させてね」

「どういたしまして。わかった、楽しみにしてる」

会計を済ませ、店を出た私達はこのビルを出て、私が行きたいと言っていた郊外のショッピングモールへ向かう。

車に乗って彼の運転操作をチラチラと見ながら、何を話そうか考える。だけど、やはり頭に思い浮かぶのは高校の頃のことばかり。それも、ずっと聞きたくて聞けなかったヤツ。

——いいか、聞いちゃおうか。

「あのさ……楠木君はさ、高校の頃、私のどこを気に入ってくれたの？」

「ん？　俺？　そうだな……」

ハンドルを握りながら、楠木君が一旦言葉を切る。

――話をするようになったのは委員会が一緒だったからだよね。文化祭の準備も一緒にやったし……そのへんかな？

自分の中では大体の予測はついていたのだが、実際はそうではなかった。

「きっかけは図書室だよ」

「え？　図書室？」

「そう」

その当時の事を思い出してか、彼の顔に笑みが浮かぶ。

「あの頃、部活ない日は早く家に戻っても妹の友人が来てたりで、家じゃゆっくり勉強ができなかったんだ。だからよく図書室で勉強してたんだけど、そこで何度か砂子を見かけた」

「……楠木君が図書室にってあんまり記憶にないな……」

確かに高校生の頃は本が好きで、放課後時間があるときは図書室に行って本を借りていた。なんせうちは子供が多いから、本が欲しくても親に買ってくれとはなかなか言えなかったし、その頃はまだアルバイトもしていなかったので、読みたい本を自由に買うことはできなかった。だから学校の図書室で本を借りて家でゆっくり読むのがあの頃の楽しみで、そのために放課後はちょくちょく図書室に行っては、読みたい本を物色していた。

「俺は自習用の一人がけの席に座ってたから、きっと砂子からは見えなかったと思う。勉強中に何気なく顔を上げると、そこに砂子の姿がっていうのが何度かあって……それからかな、気になりだしたのは」

　確かにうちの高校の図書室には一人勉強用に区切られたスペースがあって、テスト前になるとそこで自習してる生徒はかなりいた。私も家だと集中できないときは、ちょくちょく利用させてもらったことがある。

「委員会で一緒になったのもその頃だった？」

「俺が砂子を見るようになってから少し後かな。しかも委員会のときの席も偶然隣で、あっ、て思った」

　——そうだった。それに、最初は楠木君が話しかけてくれたんだった。内容は忘れたけど、消しゴム貸してとか、たわいのないことだったような……

　些細《ささい》なことだけど、楠木君が話しかけてくれて嬉しかった。そのときのことは覚えてる。

「で、それのどこが私を気に入るきっかけになるの？　全くわからないんだけど……」

「そうだな……俺が砂子を初めて意識したのは、委員会に来ない人を叱り飛ばしたときかな」

「……えっ？」

　そんなことあったかな？　と私が思考を過去に飛ばしていると、楠木君がそのときのことを話し始めた。

「文化祭のとき俺たちの委員会が看板製作を担当することになったのに、製作初日に俺達以外の担当者が来なかっただろ？　あの翌日、来なかった担当者に遭遇した砂子が廊下でそいつら叱ってたのをたまたま見かけたんだ」

「あ」

――思い出した……！

そうだった、あれは文化祭の準備の真っ最中。看板製作を四人でやることになったのに、製作初日は私と楠木君、それと顧問の先生しか集まらなかった。

デザインは決まっていたものの、二人でやるとなると仕事量がかなり増えてしまう。そのことにイラっとする私とは対照的に、楠木君は淡々としていたっけ。

『きっと忘れてるんだろう。時間が勿体《もったい》ないから俺達で始めよう』

そう言って颯爽と作業を始めた楠木君に、懐《ふところ》が広いなあと思ったっけ。

だけど私は、さすがに来なかった人達に一言言ってやらないと気が済まなかった。だから翌日来なかった男子生徒二人を捕まえて、なんで来ないんだと叱り飛ばした。

「ええ？　楠木君あれ見たの？」

「うん、見てた。実は俺も来るように言おうと思って、来なかった奴《やつ》らを探してた時だったんだ。でも先に砂子が言ってくれてスッキリした。それに、俺、砂子のことおとなしい感じの子だと勝手に思ってたから、怒ってる姿がすごく意外で新鮮に見えて。その日をきっかけに砂子のことを意識するようになった気がする。廊下で見つけたりすると、自然と目で追ったりして」

「そ、そうなんだ……でもそんな姿見て意識するって、楠木君ちょっと変わってない？」

これには楠木君も苦笑する。

「そうかもね。きっとギャップに萌《も》えたんだと思う」

「萌え……」

そんなこともあるのね……

あんな姿を見られていたのは恥ずかしくもあるけど、何がきっかけになるかなんて、本当に人それぞれだなとしみじみ思った。

「じゃあ、砂子は？　俺のことどう思ってた？」

「私は……」

言われてすぐに、高校時代の楠木君を思い浮かべる。

「最初に知ったのは一年の体育祭のときかな。学年別クラス対抗全員リレーってあったじゃない？　あれでうちのクラス途中まで一位だったんだけど、最後のアンカー勝負で楠木君に抜かれて二位になったの」

ずっと私の話を黙って聞いていた楠木君が、チラッとこっちを見た。

「そ……そうだったっけ。それは申し訳ない……」

恐縮する楠木君につい笑ってしまった。

「ああ、やだ、そんなつもりで言ったんじゃないから！　そうじゃなくて……私、その前から楠木君の名前は聞いてたんだけど、どうも顔と名前が一致しなくて、そのリレーのとき初めてこの人が楠木君なんだってわかったの」

「で、肝心の第一印象は？」

楠木君が結構突っ込んで聞いてくるので、「ええ？」と狼狽える。

「理数科で頭もよくて、運動神経もいいんだーって驚いたよ。しかも顔だって綺麗で爽やかだし。うちのクラスの女子の大半は、楠木君のこと格好いいって言って騒いでた。もちろん私もね」

「そりゃ褒めすぎだ」

楠木君が恥ずかしそうに苦笑しながら、信号待ちで車を停《と》めた。

恥ずかしいから楠木君には言わないけど、実は話していたような軽い感じではなく、私は一位でゴールテープを切った楠木君の笑顔に激しくときめいたのを覚えている。爽やかでキラキラしていて、しばらく彼から目が離せなかった。

でも周囲のあまりの盛り上がりぶりに怖《お》じ気《け》づいてしまい、そのことは誰にも言わず自分の胸にしまったままだった。

――なのにまさか、その彼と仲良くなって挙げ句に初めてを捧げるとか、人生は摩訶不思議《まかふしぎ》……

「もっと話を聞きたいところなんだけど、もう到着するよ。ほら、見えてきた」

話の途中ではあるが、目的地のショッピングモールが見えてきたので、一旦この話を中断してどの駐車場に車を入れるか相談する。さすがに休日とあって、いくつかの駐車場はすでに満車で、建物からは少し距離がある駐車場に移動すると、辛うじて空きがあったので、すかさずそこに駐車した。

「やっぱ混んでるね……ごめんね、休日にこんなところ来たいとか言っちゃって」

車から降りながら、あまりの混雑ぶりに申し訳ない気持ちになる。でも楠木君は、平気だよと笑ってくれた。

「全然。こういう機会でもないと一生来ないかもしれないから、俺も結構楽しみだったりするんだ」

「一生……ってそんなに？　楠木君こういうとこ来ないの？　っていうか普段買い物どうしてるの？」

「買い物は暇があればその辺の店で適当に買うかな。暇がなければネットで買ったり、知り合いに頼んだりするし」

「そうなんだ」

納得しながら隣にいる彼の服をチラ見する。

適当に、と彼は言うが、そんなに目が肥えていない私が見ても、彼の服は激安量販店で買ったような服ではないと思う。

――その辺の、ちゃんとした店で適当に買うってことなんだろうな、きっと。

一人で納得していると、楠木君がいきなり私の前に手を差し出した。

「……ん？」

どういう意図なのかがわからなくてキョトンとしていると、楠木君が笑いながら私の手を握った。

「人が多いから、はぐれないように」

「はぐれ……いや、そんな子供じゃないんだから、大丈夫だよ」

「わかってる。ただ俺が手を握りたいだけだ」

言われた瞬間、顔が熱くなった。

「……楠木君、ずるくない？」

「え？　どこが？」

本当にわかってないのか、彼が困ったような顔をする。ということは、素《す》でこういうことをしてるのか。なんてイケメンなんだろう。

――でも、嬉しい。

それによくよく考えたら、私達はお付き合いを始めたばかりなのだった。恋人同士なら、これくらいのスキンシップは当たり前か。

それならば触られる度にドキドキしてる場合じゃない。これからはこういうことも慣れていかないといけないのかも。

でないと、もし万が一隣人に遭遇したときに困る。いつまでもギクシャクしていたら、恋人であることを疑われてしまうかもしれないし。

よし……慣れよう。

楠木君の隣で静かに決意を固めながら、ショッピングモールの建物内へ。

モール内は休日とあって、家族連れなど多くの人で混み合っていた。

とくにこれといって目当ての物がない私達は、とりあえずモールに入っているテナントを片っ端からチェックし、気になる店を見つけたら入る、を繰り返す。

私が興味あるのは雑貨屋とアパレルで、よさそうな店があるとそのたびに楠木君にことわって店内に入り、商品を物色する。

楠木君もメンズのアパレルショップを見つけると、とりあえず入ってざっと店内を見回していた。そうこうしているうちに、ちょこちょこと買い物をしていたせいもあり、腕に掛けていた紙袋が増えてきた。

「楠木君、ちょっとそこのベンチ座っていいかな。荷物が増えてきたから纏めるわ」

「確かに手荷物増えたな」

「大量に買った訳ではないんだけど、ちょっとずつ買ってたら紙袋が増えちゃって」

商品を買う毎に紙袋に入れてくれるのはとても有り難いのだが、紙袋も増えるとかさばってしまいどうにも持ちづらい。

ベンチに座って荷物を纏め終え、さあまた歩くぞと思っていると先に楠木君が私の紙袋を持って立ち上がった。

「持つよ」

「え、いいよ！　自分で持つし」

「まだ見たい店あるんだろ？　荷物があったらゆっくり見られないし、これは俺が」

にっこりと微笑む楠木君に、胸がきゅうんとときめいた。

——や、優しい……

ただ荷物を持ってくれただけで簡単にときめいてしまう、チョロい私。

「ありがとう……じゃ、お願いします」

「はいよ。じゃあ、次はどこに行く？」

「えーっと、そうだな。すぐそこに食材のお店があるから、そこ入ってもいいかな？」

「もちろん」

私は楠木君を引き連れ、食材を豊富に扱うショップに入る。

初めて見るショップの名前にどんなお店なのかと興味が湧く。店内は適度に通路を確保しながら目線の高さほどの棚が並び、そこにセンスよく商品が並べられている。

食材は調味料に焼き菓子用の粉やパンケーキ用のミックス粉などが並ぶ。そのほかにオリジナルのキッチン雑貨などもあって、女性が好みそうな物が多い。

——これどんな商品なんだろう？

何気なく目の前にあった商品を手に取って見る。

無添加、無着色、天然素材を使用した……などの売り文句が並ぶところを見ると、そういったところがこの店の商品のアピールポイントなのだろう。

商品の棚を食い入るように見つめていると、女性の店員さんが近づいてきた。

「いらっしゃいませ。何かありましたらお気軽に声掛けてくださいね」

中肉中背で長い髪をアップにして一つに纏め、切れ長の目が印象的な女性。おそらく私達と同世代ではないだろうか。

「ありがとうございます」

声を掛けてくれたことにお礼を言って、また視線を棚に戻すと、違う棚を見ていた楠木君が戻ってきた。

「どうだった？　何か気になる物あった？」

「うーん、そうだな……俺よりも砂子が好きそうなものが多かったよ」

そうなんだ、と言いながら棚の端に視線を送ると、視界の端にさっき挨拶してくれた店員さんが映る。しかもどうやら、私達のことをじっと見つめている。

――ん？　どうしたのかな？　何かオススメの商品でもあるのかしら……

なんて思っていたら、その店員さんが私ではなく楠木君に近づいた。

「……楠木君、だよね？」

彼女の口から彼の名が出たことに驚き、二人を交互に見る。

もちろん私だけでなく、名前を呼ばれた楠木君本人も驚いていた。でもすぐに「ああ」と表情が和《やわ》らいだ。

「井上《いのうえ》さんか。久しぶりだね」

楠木君にこう言われた女性は、パッと表情を輝かせた。

「やっぱり……‼　似た人がいるなって思ってたんだけど、まさか本人とは思わなかったな。高校卒業して、一度同級会で会って以来よね？」

「そうだね。井上さん、ちょっとごめん」

楠木君は彼女との会話を一旦切って、きょとんとしてる私に視線を送ってくる。

「砂子、覚えてるかな。彼女、高校の時俺のクラスメイトだった井上加奈美《かなみ》さんだよ」

「え？」

言われて改めて彼女を見る。

――高校の時のクラスメイトの井上さん……？

記憶を掘り起こしてみると、確かに同じ学年に井上さんという人がいるのは聞いたことがあった。でも私は違うクラスだったから、記憶が正しければ話したこともないし、接点もほぼなかったと思う。

しかも楠木君と同じクラスということは、彼女も成績優秀な理数科出身ということになる。

「そうなんだ。私も同じ高校の出身なんですよ。覚えてないかもしれないけど……」

きっと井上さんも接点のない私の事など覚えていないだろう。

そう思っていたのだが、彼女の反応は私が思っていたのとは違っていた。

「砂子さんでしょう？　私、覚えてるわよ。珍しい名字だったし、三年のとき楠木君と仲良かったから、うちのクラスの女子の間では有名だったわよ。といっても女子すんごく少なかったけど」

「えっそうなの？　知らなかった……」

初めて知る事実に衝撃を受ける。

——やはり楠木君という有名人と仲良くしていたせいもあって、地味に目立ってしまったのかしら……？

高校を卒業して十年後に知った事実にぽかんとしていると、井上さんが興味深そうに私達を見てくる。

「休日に二人で買い物って……もしかして二人付き合ってるの？　それか、もう夫婦とか……」

「えっ」

振られた話題にドキッとしてつい楠木君の反応を窺うと、彼は私の方をチラッと見てから彼女に向かって微笑んだ。

「うん、そう。付き合ってるんだ」

楠木君がはっきり言うと、井上さんは急に真顔になって目を見開いた。

「そうなんだ？　じゃあ、高校卒業してからずっと付き合ってるってこと？」

「ああ、いや、そうじゃない。ずっと会ってなかったんだけど、再会して正式に付き合うことになったんだ」

しかも付き合うことになったのはついさっきなのだが、彼はそれ以上のことは言わなかった。

「……もしかして、このまま結婚とか考えてるの？」

真顔のまま、井上さんが楠木君に尋ねる。

結構突っ込んで聞いてくるな、と思いつつ彼女たちの会話を見守る。

「もちろん。年齢的にも自然な流れだと思うけど。井上さんは？　今はここで働いてるんだ？」

急に話を自分の方に振られ、井上さんが少し視線を泳がせた。

「ああ、うん。転職して今はここの店長してるの。楠木君は会社順調？」

「まあね。……おっと」

ポケットに入れていたスマホに着信があったようで、画面を見た楠木君が私に申し訳なさそうな視線を送ってくる。

「あー、二人ともちょっとごめん。電話してきていいかな」

「うん。いいよ」

井上さんにも「どうぞ」と言われた楠木君は、スマホを耳に当てて店の外に出て行った。

仕事の電話かな、と思っていると、井上さんがこっちに視線を送ってきた。

「でも、びっくりしたわ。楠木君に気付くまではお出汁とか調味料の棚の前にいたから、新婚さんかなって思ってたの。もしかしてもう一緒に暮らしてたりするの？」

「え？　ううん」

私の反応に、井上さんが、なぜかホッとしたような顔をする。

「そっか、まだそこまでじゃないってことね」

「……うん」

返事はしたけど、なんか今の言い方が妙にひっかかる。

彼女は何が言いたいんだろう？

不思議に思っていると、おもむろに彼女が私に近づき、周囲を気にしながら小声で囁く。

「……ねえ、砂子さん」

「はい？」

急に接近してきた井上さんに、なんだろうと体に緊張が走る。

「私、あなたに謝らなきゃいけないことがあるの」

「謝る……？　何を？」

そもそも話したこともないし、今の今まで存在すら忘れていたのに、何を謝られることがあるのだろう。

眉をひそめて井上さんを見つめると、彼女がニヤッと笑った。

「実は私、高校の卒業式の後、楠木君に告白したの」

「……え」

思ってもみなかったことを言われ、反射的に目を見開くと、井上さんが苦笑する。

「びっくりした？　するわよね。砂子さんと楠木君が仲が良いのは知ってたけど、せめて彼に気持ちだけは伝えたいって思って、衝動的に告ったの。ごめんね？」

多分彼女は、自分が楠木君に告ったという事実に対して、私が驚いていると思っているみたい。でも私が驚いているのはそっちじゃない。

――と、いうことは……彼に抱きついていたのは……

私がその場面に遭遇してずっとモヤモヤしていた女性が、目の前にいる井上さんだということになる。

でも、謝られるのはなんか違う気がする。

「謝りたいっていうのは、そのことに関して？　だったら必要ないよ。そのときは私と楠木君付き合ってなかったから」

「そうなの？　私てっきり付き合ってるんだとばっかり。じゃあ謝らなくてもよかったわね」

確かに謝る必要はないけど、そう言われるとちょっとモヤッとする。

「ついでに言えば、告白ついでにお願いしたら楠木君ハグしてくれたの。優しいなって思ったわ。抱きついたときの彼の胸の感触を、今でもたまに思い出すことがあるの」

当時のことを思い出したのか、井上さんがウットリする。

ハグのことまで彼女は自ら明かしてくれた。なんとも正直な女性だ。

そりゃ、楠木君相手だから彼女がウットリするのはなんとなくわかる。でも、今現在彼の恋人である私に、こんなこと言ってどうするんだろう？

——なんだかわけがわからない……

この状況がよく分からなくなってきた私は、店の外にいる楠木君に目を遣《や》る。まだスマホを耳にあて話をしている姿に、戻ってくるまでまだかかりそうだと思った。

「砂子さん」

楠木君の方に気をとられていたら井上さんに呼ばれ、慌てて意識をこっちに戻す。

「はい？」

「まだあるんだけど、聞きたい？」

——それは……どういうこと？

私は彼女が抱きついたところまでしか見ていないし、楠木君はそれだけだと断言していた。ほかに何かと言われても、もう何もないはずでは？

「……あるって、何……？」

私がおずおずと尋ねると、井上さんがにっこり笑う。

「私、どうしても彼のことが諦めきれなくて、ハグだけじゃ納得できない、キスしてってせがんだの。そしたら彼……してくれたわ」

「……は？」

「私、彼とキスしたの」

驚く私に、井上さんはフフ、と不敵な笑みを向ける。

——キスって、井上さんと楠木君が⁉　でも、楠木君はそんなことひとっことも……

さっきから、彼女は何を言っているの？　なんでそんなことを私に言うの？

考えれば考えるほど頭の中がぐちゃぐちゃになる。だけど、ずっと黙っていたら変に思われる。何か言わなくては。

「でもそれは……高校の時の話なので、もう……」

「そうよね、きっとこのままいけば砂子さんは楠木君と結婚するんだし。でも私は、このことをずっと胸にとどめておくのが心苦しかったの。今、正直に言えてすっきりしたわ」

一方的にスッキリされて、私の心中は複雑だった。

――ええ～、こんなことわざわざ彼女に言ってあなたはスッキリしたかもしれないけど、私は全然スッキリしないどころか、また不安が……

楠木君はハグ以外、何もないっていうし、井上さんはキスしたっていうし。どっちが言っていることが正しいのか。

せっかくさっき楠木君に気になっていたことを話して、ようやく彼と付き合いだしたというのに、なんでこんなことになるの？

私と井上さんの間に不穏《ふおん》な空気が流れる。

この状況にモヤモヤしていると、ようやく電話を終えた楠木君が私達のところに戻ってきた。

「ごめん、ちょっと手間取った。そろそろ行こうか、砂子。買い物は？」

「……ううん、いい」

さっきまでは何か買って帰ろうかと思っていたけど、そんな気分ではなくなった。

「よかったらまた来てね？　楠木君も」

さっきまでの不穏な空気など微塵《みじん》も感じさせない、見事な営業スマイルを見せる井上さん。

彼女は私と楠木君を見送りながら、爽やかに手を振る。

「今日は来てくれてありがとう。またお待ちしてます」

「はい、では……」

「じゃ」

井上さんと別れ、すぐに思う。

――二度と来ない……

お店の雰囲気や商品は興味あったけど、井上さんがこの店にいる限り、私がここへ来ることはないだろう。

彼女の言動が気にかかり、店を出た今もまだモヤモヤが収まらない。

「……砂子？　どうした？」

「え？」

私の異変を敏感に感じ取ったのか、楠木君が不安げに私の顔を覗き込んでくる。

そんなに顔に出ているのかと、内心焦った。

「二人きりにして悪かった。彼女、君に何か言ったりしなかったか」

「……何かって、何を？」

あの場にいなかった彼が、私と井上さんの間に何があったかなんて知るはずない。なのでそんなことを言うのは、彼女について何か気になることがあるから？

それが気にかかった。

「井上ってちょっと押しが強いところがあったからさ。今はどうか知らないけど」

――押しが強い……

確かにそんな感じはした。でも今はまだ、彼女に言われたことを彼に聞く勇気がない。

私は小さく首を横に振った。

「ううん、特に何も……でも楠木君、井上さんがいてびっくりしたでしょう」

「した。まさかこんなところで同級生に遭遇するとは思わなかった」

微笑む楠木君からは、別に彼女を意識しているとか、会ったことに動揺しているようには見えない。

彼のことを信じたい。

その一心で、彼女が言ったことが真実ではない証拠を懸命に探してしまう。

――やっぱりアレ、嘘なんじゃないかな……だけど、なんで私に嘘をつく必要があるわけ？

そんなことをして彼女になんの得があるっていうの？

考えれば考えるほど頭が混乱する。でも彼女のことを考えるのがなんか癪《しゃく》だったので、とりあえず今は考えないようにした。

買い物を終えた私達は、楠木君の車に乗り込み帰路についた。

なんだかんだで大きなショッピングモールを端から端まで見ていたこともあり、思った以上に時間が経っていて、辺りはすでに薄暗い。

「結構時間かかったね。ごめんね、付き合わせて」

「何言ってんの、そんなのいいって」

楠木君に申し訳ないなと思ったけど、彼はそんな私の気遣いを笑い飛ばす。

途中までは楽しいデートだった。

なのに最後の最後で爆弾を投下されたような気分になり、自分でも明らかにテンションが落ちているのがわかった。

だけどそれを誤魔化して、楠木君に心配を掛けないようにと必死で笑顔を作った結果、とても疲れてしまった。

――今日も楠木君が部屋に来ると思ってハーブティーの準備して家を出たけど、こんなんじゃ人を癒やすどころじゃない、自分が癒やされたい。

そんなことを考えていたら、ちょうど楠木君に「夕飯どうする」と聞かれた。

「あのさ楠木君、今日はうちに寄らなくていいよ」

隣人にアピールしなきゃいけないのも頭ではわかっているが、今日は無理だ。

私がこう申し出ると、正面を向いていた楠木君は一瞬私を見て、え？　という顔をした。

「なんで？　部屋に上がった方がいいんじゃないの」

「そうなんだけど……ほら、今日結構歩き回ったから足が疲れちゃって……」

実際のところはそんなに足は痛くないのだが、これしか言い訳が見つからなかった。

「疲れた、か」

それを聞いて楠木君は前を向いたままぽそっと呟き、黙り込んだ。

今の言い訳が苦しかったのか。それとも、他に気になることがあるのだろうか。そんなことばかり考えてしまい、少しドキドキしながら彼の次の行動を見守った。

「……砂子、井上に会ってから様子がおかしくないか？」

正面を見たまま楠木君が真顔で言った瞬間、図星を指されてドキッとした。

「えっ……？」

顔に出ないように必死でポーカーフェイスを保ったのに、チラッとこっちを見た楠木君は「ほらね」と苦笑する。

「今、声ちょっとうわずったろ。砂子は、昔から動揺するとそうなることが多い。てことは当たりだな」

自分の知らないクセを彼が知っていることに驚く。が、今はそれより井上さんの件だ。彼になんて言おうかと必死で頭を働かせていると、先に向こうが口を開く。

「俺がいない数分間に、やっぱり井上になんか言われたんだろう？　何を言われたか教えてもらえないか」

「そ、それは……」

「言って」

内容が内容だけに言うのを渋っていたら、ぴしゃりと言われてしまった。

これ以上は誤魔化せない。そう思い彼に全部話すことにした。

「……井上さんって、今日私が楠木君に聞いた【卒業式ハグ】の相手なんだって？　彼女自分で私にそう言ってたよ」

楠木君も驚くかなと思っていたのだが、意外にも彼はあまり表情を変えなかった。

「やっぱりな。そうじゃないかと思ってたんだ」

「驚かないんだ？」

「彼女なら言いかねないなと思って。他には？　何か言われた？」

「他、は……」

思わず彼から視線を逸らすと、すかさず声が飛んでくる。

「そんなに言いにくいこと？」

困っているような、苛《いら》ついているような。彼がそんな声を出すのは珍しかった。

「……キスしたって、言ってた」

「は？」

ずっと冷静だった楠木君が、ハンドルを掴んだまま珍しく驚いたように声を上げた。

「なんだって？　俺が彼女にキスしたって、井上がそう言ったのか？」

「う、うん」

フロントガラスを見つめる楠木君の顔が険しくなった。

——これは、隠していたことを言われて怒っているのか、それともでたらめを言われて怒っているのか、どっちなんだろう……

ハラハラしながら楠木君の次の行動を待っていると、表情は険しいまま彼が「砂子」と私の名を呼んだ。

「分かってると思うけど、俺、君に嘘は言ってないから。彼女の言っていることは事実じゃないよ」

「……そっか」

彼のことを信じたいけど、井上さんの言葉に惑わされてその決意が揺らいでいた。だからこうやってきっぱりと彼の口から違うと言われて、嬉しいというよりもホッとした。

「信じてくれる?」

「うん」

私が頷くと、やっと楠木君の表情が柔らかくなった。

――それにしてもなんで井上さんはあんな嘘を?　ますますよくわからない人だな。

「しかし、井上にも困ったもんだ。例のハグだってこっちはかなり困ったのに、まさか砂子にそんな嘘まで……」

「井上さん、もしかして今でも楠木君の事が好きなのかな」

深く考えず私の考えをポロッと喋ったら、楠木君がまた険しい顔をして私をチラ見する。

「同級会以来会ってないし、お互いの連絡先も知らない。それに俺は井上のこと、そういうふうに見たことは一度も無いよ」

「う……うん」

強い口調で言われると、これ以上彼女のことは聞きにくい。

私が助手席で小さくなっていると、楠木君はハアっと大きく息を吐き出した。

「とにかく、俺は好きでもない女の子相手に、どんなに頼まれたってそれだけはしないから」

必死で念を押す楠木君を見て「わかってる」と頷く。

だけどこのあとうちに寄る、寄らないは別の話だ。

「でも、今日は本当にうちに寄らなくていいから。長い間運転させちゃったし、今日は早く家に帰って休んで？」

「俺は構わないのに」

「私が構うの！　いいから！」

ちょっと強めに言ったら、わかったよと楠木君が肩を竦める。

「言うとおりにするよ。今日はおとなしく帰る」

「うん」

しばらくドライブを楽しんだ後、車が私のマンションのすぐ近くに停車した。

別れるのが惜しい気持ちはあるけど、今日は色々あったし家で疲れを癒やそう。

「本当に今日は一日ありがとう。それとご馳走様《ちそうさま》でした」

シートベルトを外しながら、楠木君にお礼を言う。

「どういたしまして。っていうか、こっちがお礼を言いたいくらいだ。久しぶりに砂子と一日ゆっくりできて嬉しかった。あと、付き合うことも」

柔らかく微笑む楠木君にドキッとする。

「あ……うん」

「つい癖で砂子って呼んじゃってるけど、もう名前で呼んでもいいんだよな？」

「も、もちろん」

つい何度も首を縦に振ると、楠木君が口元に手をやり、恥ずかしそうに私から視線を逸らした。

「……十茂」

「はい」

名前を呼んだだけで照れている楠木君が、なんだか可愛い。思わずキュンとして顔が緩んでしまう。

――やだやだ、こんなことで照れて私は高校生か。

「……じゃあまた……」

照れ隠しついでに笑って、ドアの取っ手に手を掛ける。が、いきなり反対側の腕を掴まれ、彼に引き寄せられた。

——えっ
何が起きた？　と頭で思うより前に、唇に柔らかい感触が触れる。それがキスだと頭が理解した頃には、もう唇は離れていた。

「……あ、の……」

私が目を丸くしていると、楠木君は恥ずかしそうに苦笑する。

「我慢できなくて、つい」

そう言いながら、楠木君が腕を掴んでいた手をパッと離した。

「……っ、じゃ、じゃあ、またねっ……!!」

「うん、また」

彼と視線を合わせてから車を降りた私は、一度振り返って彼に手を振ってから、小走りでマンションに向かった。

——……心臓破裂しそう……!!

激しくテンパった結果、バッグの中の鍵がなかなか見つからなくて、鍵を開けるのにかなり手間取った。やっと部屋の中に入った頃には疲労困憊《ひろうこんぱい》し、ぐったりと床に倒れ込んだ。

——今日はもう、いろいろ限界だ……

緊張したり興奮したり、ドキドキしたりキュンとしたり。

今日はここ十年感じたことのない感情をかなり体感した、非常に密度の濃い一日だった。

＊

楠木君と再会して、あれよあれよという間に付き合うことになった。

初めはその事実にドキドキして、自分の気持ちを落ち着かせるのでいっぱいいっぱいだった。

しかし数日経つとだいぶ頭も冷静になってくる。

そこで、私と楠木君が再会するきっかけを作ってくれた渡会夫妻にこのことを報告するべく、仕事終わりに軽く飲みに行くことを提案した。

ネイルサロンに勤務している恵美と二人の職場の中間地点にある駅で待ち合わせをして、近くにある居酒屋に入る。ちなみに晴樹も誘ったのだが、翌日仕事が早出なので今回はパス、と断られたため、今夜は女子会だ。

時間も遅いし今日は平日なので、店の中はさほど混み合ってはいない。私達は周囲にあまりお客がいないテーブルを選び、席に着く。

レモンのサワーと生中《なまちゅう》、それと夕食代わりにお腹に溜まりそうなものを数品、タブレットで注文してから一息つくと、早速恵美が口を開く。

「でもよかったじゃん、付き合うことが決まって」

おしぼりで手を拭きながら恵美がニヤリとする。

今日も恵美の指先は綺麗にネイルアートが施され、ついついそっちに目が行く。彼女に聞いてみたところ、今日のネイルはステンドグラス風ネイルだそうだ。かなり私好みなので、今度それ、フットネイルでやってもらおう。

彼女には事前に楠木君と付き合うことになった、というメッセージだけは送っておいたので、ずっとこのことが聞きたくて仕方なかったのだろう。

「うん、あの……いろいろとありがとね。きっかけもそうだけど、アドバイスとかすごく役に立った」

ありがとう、と頭を下げると、恵美は満足そうに頷く。

「うんうん、ちゃんと気にしてたことも言って、スッキリしてお付き合いが始まったということね。頑張ったじゃない」

「あ、えっと。それなんだけど」

「ん?」

恵美がピタリと動きを止め、私を見る。

「実はね……」

気になっていたことはちゃんと彼に話してスッキリした。でも、その後偶然その相手である井上さんと会ってしまったこと、彼がいない時にその相手が知りたくない情報まで教えてくれたことを恵美に話した。

彼女はずっと神妙な顔で私の話を聞いていたが、話を終えると眉間を指で押さえ、はーと、ため息をついた。

「……なんという余計な事を……」

私もそう思う。

注文したドリンクが運ばれて来て、私達は控えめに乾杯をした。

「このことを楠木君に話したらそれは違うってきっぱり言われた。もちろん楠木君を信じるけど、彼女の言動が理解できなくてずっと気になっちゃって……」

レモンサワーを一口飲んでがっくり肩を落としていると、恵美が身を乗り出す。

「しかもその井上加奈美《かなみ》なら私、知ってるよ。委員会で一緒だったことあるから」

「え。そうなの？　どんな人だった？」

すると恵美がうーん、と腕を組み考え込む。

「あの人……確か副委員長だったと思うんだけど、委員長を差し置いて仕切ってた……あまりに自己主張が激しいから私は苦手だったわ。割と綺麗な顔してたけど、とにかくプライドが高いっていうイメージが強い」

恵美がビールジョッキを掴み、ぐいっと呷《あお》った。

「そうだったんだ。知らなかった……」

「あれから十年経ってるし、性格は変わってるかもしれないけどね。でも、普通の神経持ってたら目の前の人間に『あなたの彼氏とキスしました』なんて言わないわよ。ましてや付き合ってすらいなかったのに、どういうつもりなのかしら」

明らかに私よりも恵美の方が苛立《いらだ》っているので、つい苦笑してしまった。

「確かに、普通言わないよね。だからなんでだろうって考えちゃう」

「単純に悔しいとかじゃないの。自分はダメでなんで十茂なの？　みたいな」

「そんなことないと思うけど……。でも本人にわざわざ聞きに行く勇気は無いし。というか、もう会いたくないし」

はあ、とため息を漏らす。

「気にしなくていいんじゃない。楠木君が違うって言うならそっちが本当よ。さ、食べよっか」

話をしている間にポツポツと料理が運ばれてきていて、テーブルの上はお皿でいっぱいになっていた。

「うん、食べようか」

――気にはなるけど、なるべく気にしないようにしようっと……

そう思いながら、私と恵美の女子会は深夜まで続いたのだった。

第六章　新たに知る事実だったり、十年ぶりの――アレ、だったり

遅番が続いた週の休日、久しぶりに実家へ帰った。

「ただいまー」

ドアを開けると嗅ぎ慣れた実家の匂いに、一気に懐かしい気持ちがこみ上げる。一人暮らしを始めてまだそんなに時間が経ったわけでもないのにと心の中で苦笑。しながら家の中に上がると、私の声に反応して母と妊娠中の義妹《いもうと》・麻子《あさこ》さんが出迎えてくれる。

「おかえりー」

「おかえりなさい、お義姉《ねえ》さん」

私に微笑みかける麻子さんは弟と同じ二つ年下の二十六歳で、現在妊娠七ヶ月。お腹もだいぶ大きくなっていた。

「わあ、大きくなってきたって聞いてはいたけど、本当だ～！　経過は順調？」

「はい！　お陰様で。砂子家の皆さんに助けていただいて、本当に感謝してます」

麻子さんは妊娠してからつわりが酷《ひど》かった。でも出身が遠方の為、身近に頼れる人が夫しか

いない。そこで夫の実家である砂子家に同居することになったのである。

「そっか、よかったよかった。で、今日光生《みつお》は？　私が帰るって言ったらわざわざ休み取るなんて言ってたけど」

「あ、はい。本当に休み取りました。今、お義母《かあ》さんに頼まれて買い物に行ってます」

「そうなのね……」

相変わらず愛が重めの弟に、苦笑しながら家に上がる。

平日の午後なので、父と上の妹は仕事で不在、下の妹は学生なので学校だ。

だから今日この場にいるのは、サービス業で休みが不定期な母と義妹の麻子さん、それと休みを取った弟の光生の四人ということになる。

ダイニングに置かれた大きなテーブルの席に座ると、すぐに母がお茶を煎れてくれた。

「どうなの一人暮らしは。困ったこととかはないの？」

「……うん、まあ、特にないかな」

お茶を啜《すす》りながら、さらっと誤魔化す。

――引っ越し初日に困ったことが起きたなんて言ったら心配掛けちゃうし。とくに弟に知られたら絶対帰ってこい、とか言いかねない……

隣人には気を遣うが、実家に帰ると物理的に居場所がない。となるとやはり、今はまだマンションを出るわけにはいかないのだ。

──それに、楠木君とのこともあるし……

彼のことを思い出して顔が笑いそうになっていると、玄関からバタバタと音が聞こえて来た。おそらく弟だ。

「姉ちゃんお帰り」

両手に買い物袋を提げて、弟が私を見て嬉しそうに笑う。

身長も百七十五センチあるうえに、元ラガーマンでガタイもいい我が弟だが、家族を愛する気持ちに変化はないらしい。

「光生久しぶり。わざわざ休みなんか取らなくてよかったのに」

「だって今日を逃したら姉ちゃんいつ帰って来るかわかんないだろ」

買い物袋をテーブルの上に置きながら、弟が苦笑する。

袋の中身は料理酒だったり、醤油《しょうゆ》だったり。どうやら母は、自分で持つには重たい物の買い出しを弟に頼んだようだ。

「まあ、そうかもしれないけど。あんた結婚もしたし、もうすぐ父親になるんだからそろそろお姉ちゃん離れしてくれていいのよ」

私と同じく苦笑する麻子さんを見ながら言うと、弟はそれに反論する。

「家族なんだから、離れるとかないだろ。それに俺のこれはもう治らない」

「あっそう……」

そう言われてしまうと、もう何も言えない。

気を取り直し久しぶりに帰ってきた実家で、最近あった出来事を中心に話をした。

生まれてくる子供の名前をどうしようとか、上の妹の仕事の話とか下の妹の就職の話とか。

うちは家族が多いぶん、話題に事欠かない。

「ところで、十茂は付き合っている人とかいないの？」

家族の話題を一通り終えたあたりで、母が漬物を食べながら何気なく私に話題を振ってきた。

聞かれるかなと思っていたけど、やっぱり来たか。

「あー、うん。最近付き合い始めた人がいるよ」

私も大根の漬物をポリポリ食べながら、軽い感じで報告した。

すると母よりも先に反応したのは、やっぱり弟だった。

「なっ‼　姉ちゃん、一人暮らし始めた途端に男とか……‼　マジかよ‼」

信じられない、という顔をする弟だが、これには私も一言もの申さないと気が済まない。

「あのねー、私もう二十八だから。それにあんた結婚してるくせに何言ってんのよ。自分はよくて私はダメとか、意味わかんない」

私の指摘に、「そうだけど」と言って弟が怯《ひる》む。

「でも、同性の俺から見た印象とか大事じゃないか？　せめて一度会わせてくれよ。俺が会ってみて、いい人だと思ったら姉ちゃんだって安心できるだろ」

自分の言っていることが正しい、とでも言いたげな弟に、またこれかとげんなりする。

「いや、そんな……なんで付き合う相手をいちいち弟に紹介しなきゃいけないのよ。私がいいんだから、いいのよ」

「いやでもさあ……」

「みっちゃん、やめなよ」

引かない弟を見るに見かねてか、嫁からストップが入った。

「お義姉さんが選んだ人なんだからいいじゃないの、ねえ、お義母さん」

「そうそう。十茂の好きにさせてあげなさい。で、どんな人なの？　お仕事で知り合った人？」

嫁と母から窘《たしな》められてむすっとする弟を置いて、母の質問に答える。

「ううん。高校時代から知ってる人なの。最近再会して仲良くなって……」

お茶を飲みながら話していると、むくれていた弟がなぜかハッとして私を見た。

「……姉ちゃん、今、高校時代から知ってる人って言った……？」

「言ったけど」

だったらなんなんだ？　と弟に疑問の目を向ける。

「もしかして、だけど……その人クスノキ、とかいう人じゃない……よな？」

私の反応を窺《うかが》いながら話す弟の口から、彼の名前が出たことに驚いた。

「そうだけど。でも、なんであんたが楠木君の名前知ってるのよ？　私、教えてないよね？」

高校時代、楠木君を弟がいるときに家に連れてきたことはない。それに、弟と私は違う高校に通っていたので、弟がただ単に楠木君のことを知っていたということも考えにくい。

私が色々考えを巡らせていると、弟が口をあんぐり開けたまま呆然とする。

「まじかよ。あの人か……」

「ちょっと。あの人って何、どういうことなのよ？　光生、ちゃんと話して‼」

さっぱり話が見えない。

ここにいる弟以外の三人が眉根を寄せていると、いきなり弟が私に向かって頭を下げてきた。

「姉ちゃん、ごめん‼」

「何が‼」

いいから何があったか話せ！

口に出してはいなくとも、ここにいる皆が思っていることが通じたのだろうか。

頭を上げた弟が、ようやくぽつりぽつりと話し始めた。

「俺、楠木……さんに会ったことあるんだ。多分、姉ちゃんが高校卒業したあたりだと思うんだけど。俺が学校から帰ってきたら、うちの前にその人が立ってたんだ」

「ええ？　そうなの⁉」

驚いて聞き返すと、弟は何も言わずこくんと頷く。

「ちょうどその頃、姉ちゃん心なしか暗くて。毎日バイト入れて帰って来るのは夜だし、帰って来たらあんまり話もしないまま寝ちゃうし。だから俺、ピンと来たんだ。姉ちゃんが元気ないのは、男が原因なんじゃないかって」

「え」

なぜそこに行くのだ。いや、当たってるんだけど。

「周りが気付いてないとでも思ってた？　皆知ってたよ。携帯電話にメール来ると嬉しそうにしてたし、周りの目を気にしながらこそこそ喋ってたり。あんなの相手が男としか思えなかった」

「うそ……き、気付いてたの？」

思わず母の顔を見れば、母も神妙な面持ちでこっくりと頷いていた。

――知らなかった私って一体……‼

地味にショックを受けていると、そんな私を横目で見ながら、弟がまた話を始める。

「だから俺、家の前で俺に同じ高校の楠木ですって名乗ってから姉ちゃんの帰りを待っているって言ったその男と、姉ちゃんの間に何かがあったんだと思ってさ。ついカッとなってその人に食ってかかっちゃって」

「くっ、て……あんた楠木君に何したの⁉」

思わず私が食ってかかりそうになると、弟は慌てて首を振った。

「手は出してない‼　本当だから‼　そうじゃなくて……姉ちゃんに何かしただろって問い詰めただけだよ。そうしたら、向こうもショック受けたみたいな顔してさ、申し訳なかったって謝ってきたんだ」

「……楠木君が謝った……？」

そう言われてすぐに思い当たる出来事が頭に浮かんでくる。私が素っ気ないメールを送ってしまったせいで彼が誤解してしまった、あの件を。

――も、もしかしてそれってこの間のアレと繋がってる……？　楠木君、私が傷ついてるって思って……

私が呆然としていると、ばつの悪そうな顔をして弟が口を開く。

「謝るってことはさ、姉ちゃんを傷つけたっていう自覚があるってことだろう？　だから俺、イラッとしちゃってさ。もう二度と姉ちゃんの前に現れるなとか、言いたい放題言っちゃったんだよ」

「光生、お前……」

さすがにこれには、母も顔をしかめる。

「わかってるよ、俺だってあれは言い過ぎたと思ってる」

この場にいる弟以外の三人が、神妙な顔をして弟を見つめる。

――楠木君と弟の間にそんなことがあったなんて。彼、そんなことひとっことも……‼

私は項垂れる弟に「あのね」と向き合った。

「それ私にも原因があったんだ……だから、楠木君は謝るようなこと何もしてないの……」

「えっ、そうなの？　じゃあ俺、とんでもないことを……」

弟が青ざめ、黙り込む。その姿を見ているとなんか可哀想《かわいそう》な気もするが、そもそも楠木君が来たことをその日に話してくれていれば、私達の盛大な行き違いは起こらなかったはず。

そう思い始めたら、弟に対して若干の怒りが湧いてくる。

「だけど光生……なんで十年もそのこと隠してたのよ……」

怒りをぶつけられた弟は、こうなることを予知していたようで、意外と冷静に私の怒りを受け止めた。

「……楠木さんが『このことは姉さんには伝えなくていい』って言ったんだよ。それに言ったら、また姉ちゃんがあの人の事思い出して悩んだりするんじゃないかって思ってさ……そんなこと考えているうちに、俺もすっかり忘れちゃってて……本当にごめん」

改まって頭を下げられたら、これ以上弟を責めることはできなかった。それに弟なりに私の事を心配してそういう行動に出たのだろう。

――だけど弟に口止めするなんて、楠木君ったら……

「……もういいよ、十年も前のことだし……」

ふー、と額《ひたい》に手をあてながらため息をつくと、斜め向かいにいる弟が不安そうに私の顔を窺ってくる。

「大丈夫？　姉ちゃんもう怒ってない？」

「怒ってないよ。っていうかいい年して姉ちゃんの顔色を窺うのはやめなさい」

私が困っていると、母も麻子さんも弟を見て苦笑していた。

そんな三人を見ながら思うのは、やっぱり楠木君の事で。

早く彼に会って話がしたい。頭はそのことでいっぱいだった。


数時間滞在してから実家を出た私は、近くにあった公園に立ち寄った。

小さな子供と母親が数組、砂場や滑り台で遊んでいるのを微笑ましく思いながら、木製のベンチに腰掛けて楠木君へメッセージを送る。

【急なんだけど、今夜会えないかな】

最初は電話にしようかと思ったけど、話したいことが山ほどありすぎて電話じゃらちがあかない。

だからやっぱり会って話したくて、突然連絡をしたのだが、彼からの返事はあっさりＯＫでホッと胸をなで下ろした。

続けて何時でもいいから私のマンションに来てくれとメッセージを送ったら、すぐにわかったと返事が返ってきたので、それを確認してからスマホをバッグに入れて立ち上がった。

もし楠木君が空腹だった場合に備え、途中でスーパーに寄り食材を買ってからマンションに戻った――のだが。エントランスにあるポストの前でまさかの小田さんに遭遇してしまった。

――ええっ⁉　今日平日……それにまだ帰宅時間には早くない⁉

「あっ……こ、こんにちは……っ」

完全に動揺していることがバレバレだけど、それでも挨拶だけはちゃんとする。

「こんにちは……お休みですか」

「はい……小田さんは、今日は……」

「今日は歯医者に行きたかったんで、有給休暇を取ったんです」

淡々と答えた小田さんが、私にジトッとした視線を送ってきたので、こっちはつい身構えてしまう。

「あのイケメンの彼氏とは上手くいってるんですか」

きっと何か言われるだろうと思っていたら、案の定だった。

「はい、お陰様で」

小田さんと視線を合わせてきっぱり答えると、彼の口元がピクッと反応した。

「もしかして、けっ……け、結婚の話も出てるんですか……⁉」

小田さんの口から出た「結婚」という言葉に、一瞬真顔になる。

――まだそういう話は出てないけど……でも、ここはそうだって言うべきだよね。

「出てます！　私、彼と結婚しますから！」

胸を張って断言すると、小田さんが驚いたように目を見開き、何か言いたそうに口をパクパクさせた。

「……っ、し……失礼しますっ……‼」

彼は多くを語らず私から目を背けると、足早にエントランスを出て行ってしまった。その背中を目で追い、完全に姿が見えなくなった辺りでふうっと息を吐き出した。

——わかってくれたのかな……？

小田さんが今後どういう行動に出るのかまだ気がかりではある。でも、今は荷物が重いので部屋へ急ぐことにした。

荷物を片付けながら何を作るか考える。楠木君には何度か料理を振る舞ったことはあるけれど、いつも深夜だったのでうどんやお茶漬けなど簡単なものばかりだった。でも今日は時間があるので、多少手の込んだものも作れそう。

というわけで悩んだ結果ひじきの五目ご飯と、ワカメと豆腐の味噌汁《みそしる》と簡単な野菜サラダ、それとスーパーで豚肉のブロック肉が安かったから角煮を作ることにした。

ワンルームマンションのキッチンは実家のそれと比べるとかなり狭い。実家で長年料理をしてきたとはいえ、このキッチンでこれまでのように同時進行で料理をするのはちょっと大変だ。

でも、楠木君が来るまでまだ時間もあるし、マイペースで調理を進める。

「ワンルームだけどコンロは二口あってよかったなー」

五目ご飯の具を煮込みながら、隣ではホーローの鍋に生姜《しょうが》、青ネギと豚肉を入れ煮込む。たまに蓋を開けて中身を確認すると、一緒に入れた八角《はっかく》の香りが食欲をそそる。

「んー、美味しそう！」

実家で角煮を作って食卓に出すと、角煮大好物の弟がすぐに全部食べてしまい、私は食べることができないこともよくあった。

——美味しく食べてもらえるのは嬉しいんだけど、一口も食べられないときは悲しかったなあ……せめて一口残せって何度もケンカになったっけ……。

角煮はこのままコトコト煮込んで味を染みこませることにして、五目ご飯の具は完成。あとはご飯が炊き上がってから具を混ぜ込めばいい。

味噌汁とサラダを作って、彼が来るまで洗濯物を畳《たた》んだり、読みかけだった本を読んだりしてのんびり過ごしていると、あっという間に時間が経過し十九時を過ぎた。

——うちの店までは車で二十分くらい。となると、そこからさらに遠いこのマンションまではもっと時間がかかるよね、きっと。

交通事情によってはもっと遅くなるかもしれないと思ったので、先に味見を兼ねて炊《た》き上がっていたご飯を食べることにした。

「ではお先に……」

具をあらかじめ鍋で煮込んでおき、その煮汁で炊いたご飯が炊き上がってから具を入れるやり方で作ったのだが、すごく美味しくできた。

黙々とご飯を食べていると、ピンポーン、と部屋のインターホンが鳴った。

「……あれ？」

――楠木君？　もう？

念のためモニターでチェックすると、ドアの向こうにいたのはやはり楠木君だった。

「いらっしゃい。早かったね？」

ドアを開け彼を招き入れると、彼は「うん」と柔らかく微笑む。

「君に急に呼ばれるなんて初めてだろう？　何かあったのかと気になって落ち着かないから、すっ飛んできた」

「そうだったっけ？　あ、楠木君夕食は？　食事の用意してあるんだけど、食べる？」

「え、いいの？　もちろんいただくよ、ありがとう」

靴を脱いで部屋に上がった楠木君が、すん、と部屋の匂いを嗅ぐ。

「この部屋の前に立ったときから、醤油《しょうゆ》の香ばしい匂いがするなって思ってたんだけど、その匂いだったのか」

「五目ご飯と角煮作ったの。今用意するから、座って待ってて」

「ありがとう、じゃあお言葉に甘えて」

私が食事の用意をしている間、楠木君はジャケットを脱いで床に座りテレビを観ていた。

そんな彼をチラ見しつつ、弟の話をいつ切り出そうかと頭の中はそればかりだ。

――でもせっかく急いで来てもらったんだし、まずは食事をしてお腹を満たして、それからゆっくり話をしたほうがいいよね……。

お茶碗《ちゃわん》にご飯をよそって、温め直したお味噌汁と角煮、それと野菜を適当にちぎって自作のドレッシングで和《あ》えたサラダをテーブルに運ぶと、楠木君の顔がぱあっと明るくなる。

「美味そうだね。全部十茂が作ったの？」

「うん。今日は仕事が休みで時間があったの。それに、そんなに難しくないんだよ。どれも実家にいるときからよく作ってたし」

「どれもすごくいい匂い。いただきます」

手早く割り箸を割り、楠木君はまず味噌汁を啜った。それから茶碗《ちゃわん》を手にとり、ご飯を口に運ぶ。

向かいに座り、彼の反応が気になりずっと目を逸らせずにいると、ご飯を飲み込んだ楠木君が私を見てニコッと笑う。

「ご飯いい味だね、すごく美味い」

そう言われ、ホッとして体から力が抜けていった。

「よ、よかった……」

自分では美味しいと思っても、彼の口に合わなければ意味が無いから。とりあえずご飯はクリアー。あとは角煮だ。

ご飯茶碗を一旦テーブルに置いた楠木君が、角煮の入った器を手に取り、豚肉を箸で切った。

「柔らかいね。これ、圧力鍋かなんか使ったの？」

「ううん。ちょっといいホーロー鍋で煮たの。圧力鍋よりは時間かかるけど、柔らかくなるんだよ」

話しながら楠木君が角煮を口に運ぶ。口の中に入れ、咀嚼《そしやく》し始めたところで彼がパッと私を見る。

「ウマっ‼　なにこれ、めちゃくちゃ美味いよ‼　すっげー柔らかくて口の中でとろける」

「やった」

思わず手をグッと握った。

「味も俺の好みドストライクだよ」

「ほんとー？　楠木君の口に合ってよかった。私いつも薄味だから弟にはもっと濃い方がいいとか言われるんだけど」

あはは……と昔のことを思い出しながら喋っていたら、会話の中に弟が出て来てしまいハッとする。

――やばっ。私ったら無意識のうちに弟のこと話してた。

恐る恐る楠木君を見ると、特に変わりなく黙々とご飯を食べていたので、一旦胸をなで下ろす。でも、そろそろ話をした方がいいのかもしれない。

そう思い、彼が食事を終えるのを待たずに、話を切り出すことにした。

お茶を煎れ、彼の前に湯呑《ゆの》みを置いた私は、まだ食事をしている最中の彼の向かいに座り直す。

「あのさ、楠木君……」

「ん？　何？」

「今日実家に帰ったの。そのときに弟から、楠木君がうちに来た話を聞いてしまいました」

少し言いにくくて、彼を見る目も自然と窺うような感じになってしまう。だけど楠木君は、私が想定していたよりは驚かず、静かに「そうか」と箸を置いた。

「弟さん話したんだ」

「う、うん……でもなんで弟に口止めなんかしたの？　そんなことしなくてもよかったのに」

「俺が家まで来たって知ったら、君が困るんじゃないかと思って。だから……ごめん」

先に頭を下げられてしまい、私は慌てた。

「ちょ、ちょっと待って、謝らないで。あの、前に言ったかもしれないけど、弟は異常に心配性なところがあって……もしかして弟、楠木君に酷いこと言ったんじゃない……？」

「いや、そんなことはないよ」

楠木君は笑顔で否定するけど、絶対そんなことないと思う。

「本当にごめんなさい！　あの……ひょっとして楠木君が私に連絡くれなかったのって、このことが関係してる……？」

彼の顔を窺いながら尋ねると、楠木君は困ったように笑う。その顔を見て、まさにこれが連絡をくれなかった原因の一つに違いないと確信した。

「ごめんなさい……」

心底申し訳ない気持ちで、今度はこっちが深々と頭を下げた。

「いいって。弟さんのことは聞いてたから、彼がすごく君を心配してることはよく伝わってきた。だから尚更、君を傷つけるようなことをしてしまった自分が腹立たしかった」

「そんなことないからっ……」

ぶんぶん首を振って否定すると、楠木君が苦笑する。

「でも……そんなことがあったのに、今、こうして君と一緒にいられるなんて。なんだか未だに夢を見てるみたいだよ」

「楠木君、その……弟に遭遇した日のことだけど、私に何か話があってうちに来てくれたんだよね？　何を話すつもりだったの？」

彼は私と数秒視線を合わせてから、その日のことぽつりと話し始めた。

「……十茂とああいうことになって、もしかしたら君を傷つけてしまったのかもと、ずっと悩んでた。電話を、と思ったけどやっぱり顔を見てちゃんと話をしたかった」

「……」

私が黙っていると、楠木君が嘲《あざけ》るように笑う。

「今思えば、本気で会いたかったら無理矢理にでも時間を作って会いにいけばよかったんだ。だけどあの時の俺は君に面と向かって嫌いだと言われるのが怖くて、理由を作って会うのを先延ばしにしていただけかもしれない。逃げた罰なのか、卒業式当日も君には会えなかったし」

卒業式当日という言葉に、ぼんやりとあの日のことを思い出す。

「でも、それでも諦められなくて君の家に行った。そしたらちょうど弟さんと遭遇して、君が落ち込んでいると教えてもらった。弟さんの怒りぶりからしてこれは相当だと思ったよ。ああ、やっぱり俺は君を傷つけてしまったんだと。だからもう俺には、君に会う資格などないと思った」

「だから、そんなことないってば……」

十年前の出来事だけど、彼があまりにも苦しそうな顔をするので、つられて私まで胸が苦しくなった。

だけどここで、なぜか楠木君が苦笑する。

「でも、そのせいか大学時代は異性に全く興味が湧かなくて、どんな誘いにも乗らなかったし遊ばなかった。いや、遊べなかったという方が正しいかな」

「女の子に声掛けられたりとかなかったの？」

「入学してすぐの頃は掛けられたけど、俺が全く誘いに乗らないから、そのうち誰も声を掛けてこなくなった。多分俺、変なヤツだと思われてた」

「う、うそ。信じられない」

高校の頃は周囲にきゃあきゃあ言われて、いつも輪の中心にいたのに……!!

唖然《あぜん》としている私を見て、彼が苦笑する。

「本当だよ。でもそのお陰で勉強と会社の立ち上げに全力投球できたし、結果会社を立ち上げて、今、こういう状況になっているわけで……だから、今の俺があるのは、ある意味十茂のお陰だ」

「ええっ？　私何もしてないから！　全部楠木君が頑張った結果だよ」

「ありがとう。十茂のそういうところ、昔から変わらないな」

ふと彼を見れば、真剣な表情で私を見つめてくるのでドキッとした。

「……大学時代異性に興味が湧かなかったのは、君の事が忘れられなかっただけなんだ。十茂に会いたい。でも嫌われた。きっと彼女は俺の顔など見たくないはず。その考えが頭の中を何度も何度もループして、どうしようもなくて。何か他に夢中になれることがないと、どうにかなってしまいそうだった。だから会社を立ち上げて、なんとしてでも経営を軌道に乗せようと無理矢理没頭した」

「無理矢理……」

「そう。君の事など考える隙間もないくらい、毎日毎日仕事のことばかり考えてね」

楠木君が一旦お茶で喉を潤《うるお》してから、また静かに話し始める。

「そこそこ会社の経営も順調になった頃、また君に会いたい、という思いが強くなったことがあった。でもそのときは二十代半ばで、もしかしたら君は結婚してしまってるんじゃないかと思ったりもして。いつまでも思い続けていないで、いいかげん諦めるべきという気持ちのほうが強かった」

結婚しているかも、なんて言われて恥ずかしさがこみ上げてきて、つい手をヒラヒラさせて「ないない」と苦笑してしまった。

――結婚どころか、彼氏の一人もいなかったのに……なんか、すみません。

「だけど高校の同級会で部活が一緒だったクラスメイトから、渡会が結婚したっていう話を聞いた。そいつから結婚式のときの画像を見せてもらったんだ。そしたらそこに君が写ってて……君の姿を見つけたときはドキドキした」

「写真……集合写真かな？」

「うん。十茂、すごく綺麗になっててびっくりしたよ。思わずその画像くれって言いたくなった」

楠木君が恥ずかしそうに笑っているのを見つめながら、頭の中は渡会夫妻の結婚式のことを思い出していた。

確かに恵美と晴樹の結婚式には、晴樹の高校の時の部活の仲間や友人がたくさん出席していたので、その中に楠木君と同じクラスの人がいたのかもしれない。私は女性の友人達としか話をしていないから、どの人がそうなのかはよく覚えていないけど。

「残念ながらそのときに友人が君と会話を交わしたわけじゃないから、十茂が現在も独身なのかはわからないままだった。だけどそれからしばらくして、街で偶然渡会を見かけたときは、思わず我を忘れて追いかけて声を掛けてしまった。渡会には申し訳ないが、どうしても今の君のことが知りたくて」

「声掛けてくれてよかった。じゃないと、私達きっと再会できないままだったよ」

楠木君が頷く。

「俺もそう思う。これは、長年俺が他のことに目もくれず、ひたすら頑張ってきたことへ対してのご褒美なんじゃないかなって思えた」

楠木君の呟きに、つい顔が緩んでしまう。

「私との再会がご褒美だなんて、嬉しいこと言ってくれるなあ」

「嬉しい？」

「当たり前でしょ、嬉しいよ、すごく」

素直に気持ちを伝えると、楠木君の口角が上がる。

「そうか……」

楠木君がテーブルの上に視線を落とし、黙り込んだ。

私もついつい黙ってしまったのだが、彼がまだ食事の途中だったことを思い出した。

「ご、ごめん……すっかり冷めちゃったね……ご飯、温め直そうか？」

私が話しかけたせいで食事を中断したので、楠木君の目の前にあるご飯はおそらく冷めているはず。

気が急いていたせいで申し訳ないことをしてしまった。だけど、彼は「いや」と再び箸を手に取った。

「大丈夫。このままでいいよ」

楠木君は、私が出した料理を綺麗に平らげてくれた。

「足りた？　大丈夫？　足りなかったらまだあるけど」

「いや。ちょうどいい量だったよ。ご馳走様」

彼はにっこり笑ってそう言うと、空いた食器を持って立ち上がった。

「あ、待って！　私やるから座ってて」

「いいよ。作ってもらったんだから、片付けは俺がやるよ」

私が立ち上がるのを待たず、楠木君はスタスタとキッチンに行ってしまう。あとから私もキッチンに行き、シンクの前で洗い物を始めた楠木君の隣に立つ。

「ありがとう楠木君」

「いいよ。それより十茂は食事したの？」

手際よく食器を洗う楠木君の手元につい見とれてしまう。袖を捲《まく》り露出した肘から指先まで
が筋張っていて綺麗だと思った。

高校の時の彼の手も好きだったけど、今の手の方がもっと好きかもしれない。

「……うん、さっき味見がてら食べたよ」

「そうか。あと、俺はいつまで『楠木君』なの？」

「え……えっ？」

質問の内容が急に変わったので、手から視線を顔に戻す。

「正式に付き合い始めたんだし、もっと気楽に名前で呼んでくれていいんだよ」

「い、いや～……わかってはいるんだけど、楠木君で慣れちゃってるから……」

食器を洗い終えた楠木君が、シンクの縁に手をつき私の方へ体を向ける。

「じゃあ練習。現《げん》、って呼んでごらん？」

「ええっ？　今？」

「うん」

そう言って彼は、私が名前を呼ぶのをじっと待っている。

――これは……言わないとダメな流れ……

照れるけど仕方ない、と彼の目を見つめる。

「……現」

楠木君呼びが染みついているので、名前で呼ぶのはどこか変な感じがする。

だけど名を呼ぶと、彼は嬉しそうに頬を緩ませ、私の体を自分に引き寄せた。

「十茂……」

噛みしめるように私の名前を呟くと、絡みつく腕に力が籠もった。

「げ……現？」

「好きだ。ずっとずっと……十茂が好きだ」

ずっとずっと。

その言葉の裏側をさっき知ったばかり。だからよけいに言葉に重みを感じたし、嬉しかった。

「私も、現が好きだよ。ずっと……」

正直、もう会うことはないだろうと思ってたし、新しい恋をするべきだとも思った。でも、全然できなかった。

それはきっと、将来こういうことが待っているからだったのかな、と今なら思える。

現の胸に額をぴったりつけて温もりに酔いしれていると、彼の手が、私の顎に添えられ、くいっと顔を上向きにされる。

――あ……

キスされる、と思ったそのときには、もう唇を奪われていた。

「ん……」

生温かい舌が、くちゅ、と音を立てて私の口腔に入ってきた。その舌は、奥に引っ込んでいた私の舌を誘い出し絡め取る。

「ふ……、ん……っ……」

キスなんて、この前のデートの帰りに現にされるまで十年間していなかった私。さすがに慣れていなくて、どうしたらいいかわからなくて体が石のように固まってしまう。

——ど、どうしたらいいの……、こんなときって……

経験値の無さに泣きそうになってくる。だけど、そんな私に気がついたのか、現が唇を一旦離し、私の目を見つめてくる。

「……いいよ、十茂は何もしなくて。ただ、感じてくれてるだけでいい」

「……ん……」

言われてすぐにこくん、と頷くと、また現に唇を塞がれた。そして今度はそれだけでなく、私の服の裾から手を差し込み、その手はするすると肌を滑りブラジャーごと胸の膨らみを覆う。

「あ」

「……触られるの、いや?」

「い……いやじゃない、よ……」

「じゃあ、触りたい」

私がうん、といって頷くと、乳房を遠慮がちに覆っていた彼の指に力が入り、ゆっくりと乳房を揉み込んでいく。

その触り方がまだぎこちないせいか、ちょっともどかしい。

「十年前も思ったけど、すごく柔らかい……強く掴んだら壊れてしまいそう」

「そ、そうかな……」

十年前に彼がどんな風に私に触れたかなんて、今となってはあまり細かく覚えていない。

でも、昔も私の事を壊れ物を扱うように大事にしてくれたことだけは、ちゃんと記憶に残っている。

――もっと……もっと、触ってほしい……

ドキドキと大きくなる胸の音が彼にも聞こえているのでは無いか。そればかりが気になった。

「……もっと、直《じか》に触れたい」

私の耳元に顔を寄せこそっと呟くと、現は私の服を胸の上までたくし上げ、乳房を覆っていたブラジャーの生地を指でずらし先端を露出させる。

急に外気に触れ、胸の先端が徐々に尖《とが》り出す。その様子をじっと眺めていた現が、上体を屈《かが》めて先端をゆっくりと口に含んだ。

「っ、んっ……」

ざらっとした舌の感触が胸の先からピリッと電気のように走り、体が震えた。

それに気がついた現が、一旦私を窺うようにちらっとこっちを見る。でもすぐ、視線を胸に戻し、何度も乳首に舌を這《は》わせる。

「……ん、んんっ……」

「気持ちいい？　じゃあ……これは？」

今度は乳首を口に含み、口の中で飴玉《あめだま》のようにしゃぶられる。時折強く吸い上げられると、強い刺激に襲われて、背中が勝手に反《そ》ってしまう。

「ああ、んっ……‼」

自分の口からあまり聞いたことがない嬌声《きょうせい》が漏れ、つい手で口を押さえた。

――やだ、声が出ちゃう……‼

隣の部屋に隣人がいるかもしれない。だからこんな声出したくないのに、現は胸先を舐《な》めることを止めてくれない。

「あ、あんっ……や、声が……」

「……声、気になるの？」

乳首を咥《くわ》えたままで現が聞いてくるので、つい無言のまま何度か首を縦に振った。

すると現が胸を舐めるのを止め、上体を起こす。

気を遣ってくれたのかな、と思ったそのとき、いきなり体がフワリと浮いた。

「でも止めてあげない。ベッド行こう」

「くす……げ、現⁉」

軽々と私をお姫様だっこで持ち上げた現は、そのままスタスタとベッドまで移動し、私をゆっくりとベッドに寝かせる。

が、私にはまだ気がかりなことがある。

「あの……で、電気消して」

「ああ、うん」

私に言われて、すぐに現が壁にある照明のスイッチを切った。

室内が暗くなりホッとする。でも、暗くなったことでより、そういう雰囲気になってしまったことに気がつき、胸のドキドキはさらに大きくなった。

戻ってきた現はすぐに私を跨《また》いでベッドの上に膝立ちになり、着ていたシャツのボタンをいくつか外し、一気に頭からシャツを引き抜き半裸になった。

「は、早いよ」

「もう我慢の限界だから。——わかるだろ？」

それを聞いてつい彼の下半身に目が行ってしまう。

確かにスラックスの股間の当たりが盛り上がっていて、服の下が今どうなっているのかが一目瞭然。私の方が恥ずかしくなってしまった。

——やだ、私ったらどこ見て……！

彼から目を逸らしていたら、現が胸のところに引っかかっていた私の服を頭から一気に抜き取った。ついでにブラジャーも取られて、あっという間に部屋着のハーフパンツとショーツのみという格好になった。

「あ、あんまり見ないで」

腕で胸を隠そうとしたら、それを現に阻止される。

「ずっと見たかったから、無理」

現は苦笑しながらそう言うと、掴んだ私の腕をそのまま私の顔の横の辺りに縫い止める。

「十茂——ずっとこうしたかった」

熱いまなざしで見つめられて、微動だにできない。

彼の綺麗な顔がだんだん近づいてきたので反射的に目を閉じると、すぐ唇に生温かくて柔らかい感触が降りてくる。

押しつけられただけのキスは、すぐに舌を絡め合う激しいキスに変わる。

「は……あ……っ……」

キスの合間に息継ぎを、と試みるけどなかなかうまくできない。そんな私を気遣ってか、現が一旦唇を離して、私の様子を窺う。

「大丈夫？」

「でも、まだするけど」

こう言ってニヤリと口の端を上げた現にまたキスをされる。差し込まれた肉厚な舌は、そのまま私の口腔を満遍なく犯していく。

それに私も応えようと頭で思ってはいても、なかなか思うようにはできず。でも奥に引っ込んでいた舌を絡め取られてしまい、拙《つたな》いながらなんとか応えた。

──キスって、結構難しいっ……

そんな中、彼の手が私の胸に触れる。頭の中がキスでいっぱいで、完全に体ががら空きになっていた私は、触れられた事に驚いてビクッと体を震わせた。

「今、ビクってなった」

私の反応に、現が嬉しそうに呟く。

「──っ！」

もう！　と言いたいところだけど、口を塞がれているので言えず。

恥ずかしさで顔が熱くなってきていると、現の手の動きは更に加速する。

指で胸の先端をキュッと摘まみ、それを擦り合わせられると、甘い刺激がピリッと体に走る。

それをやられるたびに、私は体を小さく捩《よじ》って、「あっ」という嬌声を漏らす。

「……十茂の声可愛い。もっと聞かせて？」

唇へのキスを止めた現は、頬から首筋へとキスの場所を変えていく。

「っ……、やだ、あんまり声出したくないっ……」

「大丈夫だよ、聞こえないって」

私の首筋をちゅうっと吸い上げながら、現が可笑《おか》しそうに言う。でも、ここは隣に絶対聞こえないと断言できるほど壁は厚くない。

私がぶんぶん首を横に振ると、現が首筋に吸い付いたままこっちを見る。

「……じゃあ、声出さないように我慢してくれる？」

「う、うん……」

はっきり言って声を出さないでいられる自信など全くない。でも、だからといってこの状況を止めたいとは思わない。

仕方なくぐっと口元に力を入れ、ついでに手で口元を抑えて声が出ないように努める。

「我慢、できるかな？」

現が不敵《ふてき》に呟くので、えっ、となり彼に視線を送る。

首筋から離れた現が体をずらし私の胸先に顔を近づけると、固く尖った胸の先を舌でツン、とノックした。

「んっ‼」

声を発しないつもりでいたのに、そんな私の意思とは裏腹にあっさりと声が出てしまった。

「声出ちゃったね」

クスッとしながら、現は舌先で胸の尖りを何回かノックしたあと、べろりと舌を這わす。

「……っ‼」

なんとか声を出すのは堪《こら》えたが、現は舐めることを止めない。同時にもう片方の手で、空いていた乳房を柔々と揉み、やはり固くなっていた先端をキュッと強めに摘まれた。

「はッ……あッ……‼」

両胸から与えられる刺激が強すぎて、口元を覆っていた手はほぼ役目を果たしていない。

――声、出さないなんて、無理っ……‼

びくん、びくん、と腰を浮かせて悶《もだ》えていると、胸先をしゃぶり始めた現の手が、私の下腹部からショーツの中へと入っていった。

「っん！」

手を入れられてすぐ繁《しげ》みを一撫でされ、奥にある蕾に指が触れると、腰に直で伝わる強い快感に背中が弓なりに反った。

私が体を捩っていても、現は手を止めないどころか、するっと蜜口から指を入れ、中をゆっくり掻《か》き交ぜ始めた。

指が難なく入れられるくらい、そこは申し分なく濡れていた。

「ああ……すごいね。ぐしょぐしょだ」

濡れ具合を確かめるように、現は何度も何度も指を出し入れし、引き抜いた指を見て嬉しそうに微笑んだ。

「や、やだ、そんなの見ないで……」

「なんで。嬉しいよ？　俺でこんなになってくれてるんだって」

「だって……」

相手は好きな人だもの、触れられたら——なっちゃうよ、とろとろに……

「脱がすよ」

言うのとほぼ同時に、私のハーフパンツとショーツが一気に脚から引き抜かれる。それを床に落とすと、現は自分の体を私の脚の間に割り込ませた。

「ちょっとごめん」

「えっ、あ……っ‼」

サラリと私に断ると、現が私の股間に顔を埋め、繁みの奥にある蕾を舌で嬲《なぶ》り始めた。

ちょっと待って、と止める間もなく太股《ふともも》をつかまれ、彼がじゅるじゅると音を立てて蕾を吸い上げると、胸とは比較にならないほどの刺激が全身を駆け巡った。

さすがにこれに対して声を上げずにはいられない。

「あ、あああっ……んっ……‼」

シーツをぎゅっと掴み、彼から与えられる快感にびくん‼　と体が大きく反応する。

恥ずかしいけど気持ち良くて思考が吹っ飛びそう。おまけに口から漏れるのは自分のものとは思えないようないやらしい声。

――やだ、こんな声出したくないのに……‼

でも体は私の気持ちなど関係ないとばかりに、素直に反応していた。

「すごい……、十茂、もっと濡れてきた」

現は蕾をしゃぶりながら、蜜口に指を入れて中を掻き混ぜる。蕾への刺激で、さっきよりも明らかに蜜の量が増し、指を出し入れする度にグチュグチュと水気を帯びた音がし始めた。

そんな自分の変化に、私が一番驚いた。

――現の愛撫でこんなになっちゃうの、私……！

明らかに緊張しまくっていた十年前のセックスの時とは、何かが違う。あの時とは比べものにならないくらい、このセックスは濃くて艶めかしい。

これが本当のセックスというものなのか、と思っていると、現が蕾を強く吸い上げた。

「ひ、あっ！」

快感におののき、またビクンと体を揺らすと、ようやく現が顔を上げた。

「……、そろそろ十茂に入りたい。いいかな」

口元を拭いながら、現はこれまで見たことが無いような艶っぽい顔で私を見つめてくる。

「う、うん」

その表情にドキドキしながら、首を縦に振った。

現は一旦ベッドに下りると、持参したバッグの中から何かを取りだし、ベッドに戻ってきた。

それが避妊具だということに気がついたのは、彼が服を脱いで装着を始めたときだった。

下腹部についてしまいそうなほどそそり立ったそれを見て、思わずゴクンと喉を鳴らす。

「……痛かったら、言って？」

「うん……」

再び私の脚の間に体を割り込ませた現は、屹立を私の股間に押し当て、少しずつ、ゆっくりと私の中へそれを沈めていく。

「ん……っ……」

初めてではない。でも、十年ぶりなので完全なるセカンドバージン。

もしかしたら痛いかなとちょっとだけ思ってはいたけど、やっぱり痛かった。

——十年前よりマシはマシだけど、やっぱ痛い……‼

そういえば十年前もこんな風に痛みを堪え、緊張していた。

そんなことを思いながら、彼が私のナカに入っていくのを全身で感じる。

「……、ちょっとキツいね……」

「ご、ごめん」

現が苦しそうに顔を歪めたので、咄嗟に謝ったら苦笑された。

「いや、俺は気持ちいいからいいんだけど。十茂、辛くない？」

「ううん、大丈夫……」

首を小さく横に振ると、現は安心したように頬を緩める。

徐々に中を埋めていく存在感と質量にドキドキしながら、浅い呼吸を繰り返す。

私の腰を掴んだまま、現がはあっと息を吐き出した。

「……入った、よ」

お腹の奥の方に彼を感じる。それがこんなに嬉しいことなんだと、今ならわかる。

「ん……」

嬉しいという気持ちを込めて彼を見つめると、現は挿入したままで体を寝かせ、私の唇にチュッと音を立ててキスをする。

「十茂」

甘い声で名前を呼ばれると、お腹の奥がキュンとなる。

「……現。好き」

目の前にいる現の首に腕を回し自分に引き寄せると、彼は嬉しそうに微笑み、私の頬や耳へキスの雨を降らしていく。

「俺の方がずっと好きだ」

え？　とその言葉に反応しかけたら、現がグッと腰を押しつけ奥の方を突いてくる。

「んっ……！」

ゆっくり腰を前後にグラインドさせ、私の中を確かめるように屹立を動かす。最奥を突いてみたり、膣壁に擦りつけられたり。その度にキュンキュンとお腹の奥が疼く。

「あ、あ、あっ、はあッ……」

「ここ、気持ちいいのかな。中が締まった……」

言いながら、現がまた私にとって気持ちのいい場所を突いてくる。そこを責められると快感が高まって思考がぼやけ、何も考えられなくなってしまう。

「だめ、だめ……、そこだめっ……」

ふるふると首を横に振って、これ以上はダメと訴える。

だけど現は止めてくれない。

「十茂……ここがいいんだ？」

グリグリと屹立を押し当てながら、現が嬉しそうな顔をする。だけどそんな彼とは違い、私には全く余裕が無い。

「んっ、は……っ……」

声が出ないように口を手で抑えていたのに、奥を突かれて「あっ！」と声が出てしまった。

「声は聞きたいけど、そうやって我慢する十茂も可愛いな」

現は挿入したまま胸を愛撫したり、クリトリスを指で弄ったりして、常に私に快感を与え続

けてくる。それが気持ち良すぎてもう、どうにかなってしまいそうだった。

「だ、めっ……、おかしくなっちゃう……っ」

ふるふると首を横に振って訴えると、どこか遠くを見ているような目で抽送を続けていた現が「いいよ」と言う。

「おかしくなって？　……十茂が乱れるところ、見てみたい」

「そ、んなっ……無理いっ……!!」

――もう本当に限界、なんか、くるっ……!!

「あ、ん――ッ……!!」

気持ち良さが頂点に達したそのとき。体の中で何かが弾《はじ》け、目の前がチカチカした。そんな不思議な感覚のあと、すぐに体からどっと力が抜けていった。

でも、下腹部は未だきゅんきゅんして、現を締め付け続けている。

「……十茂、イッたんだ？」

「あ、今のが……そう……なのかな」

呼吸を整えながら何気なく呟くと、現の目つきがさっきより鋭くなった。

「俺ももうイきたい……イっていい？」

「え、う、うん……」

特に深く考えずに頷いたら、途端に現の腰の動きが速まった。

「あっ！」

「ごめん、ちょっと我慢して？」

私の腰をがっしり掴み激しく腰をぶつけられ、ゆっくり呼吸をする間もない。

「あ、あ……っんっ……‼」

――や、そんなにされたら、壊れちゃう……‼

激しい突き上げに必死で耐えていると、現の苦しそうな声が聞こえてきた。

「……っ、く、十茂っ……」

一段と抽送が激しくなり、現の顔も苦悶《くもん》に満ちたそのとき。彼がガクガクと体を痙攣《けいれん》させ、私の中で爆《は》ぜた。

「は……っ」

息を吐き出しながら私の上に倒れ込み、汗だくになって息を切らす。いつも冷静な彼のそんな姿に、私も呼吸を乱しつつキュンと胸が疼く。

――やっぱり……好きだなあ……

しみじみ思いながら、上にいる現の背中にそっと手を添えると、彼が私を見る。

「……大丈夫？　体、しんどくない？」

「うん、大丈夫……」

これ以上なんと言ったらいいのか。うまい言葉が出てこない。

なんとなく居たたまれなくて彼から視線を逸らしていると、向こうが先に口を開いた。

「十茂……これからもずっと一緒にいてくれる？」

それに対してはもう迷うこと無く、自信を持って頷ける。

「うん……私でよかったら、だけど」

現はクスッと鼻で笑いながら、私の頬に手を添えて、親指で優しく撫でてくれる。

「何言ってんの。君じゃなきゃだめだから」

こう言われた瞬間、嬉しくて。

この十年、この人以外の男性を好きになれなくて、ずっと過去の恋愛引き摺って、こじらせて、私、恋愛向いてないんじゃないかって自分にがっかりしてた。

だけど今こうして彼と再び結ばれたことで、他の男性を好きにならず、こじらせたままでよかったなんて思えてしまう。

「うん、私もです……あなたじゃなきゃダメだった」

彼の目を見ながら言ったら、現は嬉しそうに微笑み、私の体を抱きしめた。

――今、すごく幸せ……

長年忘れられなかった彼とこういうことになって、多分私は浮かれていたんだと思う。

だからすっかり忘れていたのだ。

隣人とのことがまだ解決していないということを。

第七章　お隣さんとはきっちり話をつけましょう

初めて――否、再会して初めて現と結ばれた日から数日。

私が勤務するサロンに恵美が来てくれた。

個室のベッドに紙のショーツを一枚だけ身につけた恵美が、だらりと両手を垂らしてうつ伏せになっている。私はベッドの横に立ち、彼女の背中をマッサージオイルを使って満遍なくほぐしていく。

「あ、そこ痛っ‼」

「ここ、ゴリゴリだよ」

肩甲骨《けんこうこつ》の裏側に手が入らないくらい背中が張っているし、首筋も、肩も腰も、マッサージをすると即「痛い‼」と叫ばれる。さっきからこの繰り返しだ。

「はあ～、痛い……でも気持ちいい……」

恵美もサロンで目や手先を使う細かい作業をしているから、目や肩や背中が疲れるのはいつものことだ。

「お疲れ様だよ。お互いにね？」

「ほんとお疲れ……サービス業って大変よね、どんなお客様にも常に笑顔で接しなきゃいけないし……ネイルの仕事自体は楽しいし、好きだから平気だけど接客はちょっと苦手よ……」

「うんうん、わかるわかる。私も苦手なお客様いらっしゃるときは緊張するもん」

オイルを使って背中を根気よくマッサージをしていると、恵美の口から「ぐうう……」という奇妙なうめき声が聞こえてくる。

「……っ、それを癒やしにここへ来てるわけよ……。で、楠木君とはうまくいってるの？」

「うん。いってる」

なかなかしぶとい恵美の背中のコリをちょっとずつほぐしながら、つい顔がにやけてしまう。

「そっか。例の井上加奈美の件はもう吹っ切ったんだ？」

「そうだね、彼は違うって言ってくれたし、また蒸し返すのも悪いかなって……」

こんなことを言っているけれど、本当はまだたまに思い出しては気にしてる。だけどやっぱり彼のことを信じたいので、彼にはもう聞かないつもりでいる。

「ふうん、じゃあこれでもう問題は片付いたんだ。お隣さんももう諦めてくれたんだっけ？」

何気なく言われたこの一言に、マッサージの手を止めた。

「お隣さん……は、まだ……」

恵美が上体を起こし、肩越しに私を見る。

「……まだ、解決してないってこと？」

「はい……」

「そっか……」

隣人の話が出た途端、この場にどす黒い空気が流れ出す。

「でっ‼　でもさ、彼氏がいることに変わりはないんだし、もう堂々としてればいいよ！」

「そう、だよね」

とはいえ現の事は紹介済みだし、これ以上何をすれば諦めてくれるのか、今の私には全く見当がつかない。

また隣人に会ったら何を言えばいいのか。小田さんのことを思い出すと憂鬱《ゆううつ》になる。

「会いたくないなら、楠木君にはっきり言ってもらえば？」

それに対しては、うつ伏せになっている恵美からは見えないけど、思わず首をぶんぶん横に振った。

「彼には一度会って挨拶もしてもらってるから、なんか悪くて……」

「いやでも、相手は男性だから用心した方がいいって。十茂がその隣人と二人になるのは危ないよ」

「だよね……」

でも、やっぱり顔を見てちゃんと言わないと伝わらないと思う。

こうなったら、現を交えて隣人と三人で話をするしか、もう方法がないのかもしれない。

「……うん、わかった。近いうちにちゃんと話して、わかってもらうようにするよ」

若干気は重いけど、仕方が無い。

「そうだね、その方が良いよ。私や晴樹でできることならいつでも協力するからさ」

「ありがと。じゃあ、頑張ってこの頑固なコリをほぐしますか！」

「あああ、ありがとう……でもお手柔らかに……」

「精一杯がんばります。では！」

私はマッサージをしている手に力を籠めた。痛すぎず、弱すぎず、微妙な力加減で彼女のコリを丹念にほぐし、流していく。

そんなに思いっきり力を入れているわけではないのだが、恵美が「ぎゃっ」と悲鳴を上げ、体を捩《よじ》らせる。

「い、た――いッ‼」

「はいあともうちょっと！　頑張ってー！」

それからしばらくの間、個室内に恵美の叫び声が響き渡った。

隣人の事を早く解決しなくてはいけない。そう思った私は、その日の夜、迎えに来てくれた現と食事に出かけた際に、隣人の件について相談してみることにした。

現と私が選んだのは、深夜まで営業しているラーメン屋だ。

厨房《ちゅうぼう》をL字型に囲んだカウンターだけの店内で、私は味噌ラーメン、現は魚介《ぎょかい》系醤油ラーメンを注文した。

「――というわけで、もう一度小田さんにはっきり言おうと思うの。だから、すごく申し訳ないんだけど、一緒に隣の部屋に行ってもらえないかな、なんて……」

最初ははっきりした口調で言えたけど、だんだん申し訳ない気持ちが勝って、声が小さくなってしまった。

だけど、現は特に顔色を変えず、あっさり「いいよ」と言った。

「俺はずっと前からそうしたほうがいいと思ってたし。なんなら、俺とお隣さんだけで話つけてもいいけど」

水を飲みながら、現がチラッと私を見る。

嬉しい申し出だけど、それはやっぱりできない。

「ううん。私が言われたんだから、私がちゃんと言うべきだと思う」

きっぱり言うと、なぜか苦笑された。

「別にいいのに。変なところで真面目だよな、十茂は」

「……そうかな」

「だって、イヤだと言いながらちゃんと隣人と向き合おうとしてるだろ？　心の底から会いたくないような相手だったら、普通そんなことしないよ」

——本当は向き合いたくなんかない。だけど……

「……やっぱりお隣さんであることは変わらないし。私、引っ越しする予定はまだ無いから
……」

できることなら引っ越ししたい。でもまだ住み始めてそんなに経ってないし、これ以上引っ越しにお金を掛けたくない。

——引っ越しでまとまったお金が吹っ飛んだばかりだし、今後のことも考えてできるだけお金は使いたくないのよね……

などと、おそらくお金には困っていなさそうな現には言えず。

「はい、お待ちどうさまー。味噌ラーメンと魚介醤油ラーメンです」

会話が途切れたところで、私達の前に注文したラーメンが置かれた。

味噌ラーメンは太麺に肉厚なチャーシューが一枚ともやしとコーンが載っていて、ふわりと漂う味噌の香りが食欲をそそる。魚介系も太麺で、大きなチャーシューが載っており、スープの表面には魚粉《ぎょふん》が浮かんでいる。これもすごく食欲をそそるビジュアルだ。

こんな時間に外でラーメンを食べるなんて、かなり久しぶりでわくわくする。

「わー、美味しそう！　いただきます」

「……うちに来ればいいのに」

箸を割ったところで現の呟きが聞こえ、そっちを見る。

「え？　今、うちにって……」

「うん。付き合い始めたことだし、いつうちに来てくれてもいいよ、俺は」

現も箸を割り、いただきますといってラーメンを食べ始めた。

そういえば以前、現から今は実家を出て、会社の近くのマンションに住んでいる、という話を聞いたことがある。

「……私、まだ現の家って行ったことないね」

麺を箸で持ち上げてフーフーしながら何気なく呟くと、現が反応する。

「そうだね……なんなら来る？　今夜」

「えっ？」

ちょうど麺を食べようとしていた私は、つい手を止め現を見る。

「いいよ。明日も遅番なんだろ？　必要な物は近くにコンビニあるから、そこで買って行けば？」

「えっ……そんな、急にお邪魔していいの？　部屋とか、見られてまずい物とか無い？」

気を遣ったつもりなのだが、なぜか笑われてしまった。

「見られてまずい物って何だよ。無いって、そんなもの」

「無いの？　本当に？」

「無いよ」

――無いのか。

実家に住んでいた頃は、弟がよく見られたくない物をベッドの下の収納に隠していけど……（主にアダルトなＤＶＤなどだが……）

現はそういったものは持っていないのだろうか、と疑問に思った。

――だけど聞けない……こればかりは聞けない。例え聞いたとしても『ある』って言われたらそれはそれで衝撃的だし……

だけどセックスに関して、彼としか経験が無い私が言うのも変だけど、決して下手ではなかった。ちゃんと気持ち良かったし……イけたし……

私以外女性の影が無いのに、彼はどこであのようなテクニックを身につけたのだろう、と心の中で首を傾げる。

「それよりどうする？　来る？」

ラーメンを食べる手を止めて、現が私の言葉を待っている。

一瞬着替えとかどうしようかなと思ったけど、彼の部屋に行ってみたいという好奇心が勝った。

「じゃあ、行ってもいい？」

「もちろん。ちょっと本がいろんな場所に置いてあるから、それだけ片付ける時間もらうかも」

「……本、読むんだ？」

「うん。最近の俺にとって唯一の娯楽だから」

「そうなんだ」

——唯一の娯楽……もしかして、現は本であのようなテクニックを……？

なんて、現には申し訳ないけど、一人で勝手に想像してしまった。

ラーメンを食べ終えた私達は、現の車に乗って彼のマンションへ移動した。

現の住まいは、勤務先からは車で五分ほどの場所にあるらしい。

「本が多いから一部屋は書庫になってる」

らしく、一人で暮らすには広い３ＬＤＫのマンションなのだそう。

それを聞いた時は「マジで」と思ったけど、そこそこ優良企業の社長さんがワンルームマンションに住んでる、とかよりはありえる話か、と納得した。

途中でコンビニに寄って必要な物を買い、マンションに到着した。規模の大きいマンションで、築年数は三年ほどの十階建て。敷地内にある駐車スペースに車を駐めて、エントランスから建物の中に入っていく。

「なんか、色々違いすぎる……」

私が住むワンルームマンションとは比較できないほどの、立派な佇《たたず》まいと高級感におののく。

「そう？　確かに家族で住んでる人が多いかな。一人で住んでるのは俺くらいかも」

「そうだろうね……」

普通の感覚だと、ここは一人で住むようなところではありません……

エレベーターで移動し中程の階で降りて右に進み、一番奥が彼の部屋らしい。

「はいどうぞ」

ドアを開けてくれた彼に促され、私が先に一歩足を踏み入れる。広い玄関には靴が一足置かれているだけでかなりスッキリしている。

「お邪魔します……っていうか、玄関綺麗だね」

「そう？　どうぞ入《はい》って」

廊下の電気を点《つ》けてから、スタスタと歩いて行く現の後を追いリビングへ。

「ちょっと片付けるから、適当に座っててくれる？」

「あ、うん」

そう言われてすぐリビングを覗くと確かに彼が言うとおり、部屋の中央に置かれたソファーと、その側にあるガラス製のテーブルの上にはハードカバーから新書、それに雑誌がいくつか置かれていた。

「色々読むんだね。小説だけかと思ってた」

「小説も結構あるんだけど、一番好きなのはノンフィクションなんだ。新刊が出るたびに買ってたらえらい増えちゃってさ。なのに最近は読む暇がなくて半分くらいは積ん読になってるけどね」

ソファーの上に載っていた本を片付けながら、現が苦笑する。

彼が片付けをしている間、何気なくキッチンを見る。調理家電は炊飯器と、電子レンジ。それ以外はシンクやコンロの周りに何も置かれていない、殺風景な対面キッチンだ。

「現は……あんまり料理しない？」

「あー、うん。ほぼしない。温めたり茹《ゆ》でたりくらいかな」

「茹でるって……あ、レトルトパウチとか？」

「うん、そう。カレーとかね」

なるほど、と思いながらアウターを脱ぎ、片付けを終えたソファーに腰を下ろす。今買い込んできたコンビニの袋から、歯ブラシや下着などこれから使う物を取り出した。

――化粧品はもともとポーチの中に入ってるから買わなくても大丈夫だったけど、やっぱり明日一度帰って着替えたほうがいいよね。同じ服で出勤なんかしたら、店長に何か言われそうだし。

洗面所に案内してもらい歯ブラシを置いていたら、現が浴槽にお湯を張り始めた。

「風呂入れるから、十茂先に入りなよ」

いきなりお風呂かと驚いたけど、時間ももうだいぶ遅いし、早めに入った方がよさそうだ。

「じゃあ、お言葉に甘えて入っちゃおうかな」

「どーぞどーぞ」

言われるがまま入る事にした――が、浴室が私のマンションの倍ぐらい広くて、予想外にテンションが上がった。

――何ここ！　高級ホテルかってくらい浴槽が広くて洗い場も広い！

浴室のドアを開けたまま見とれていると、後ろで現がごそごそと洗面台の引き出しを漁《あさ》っていた。

「入浴剤あるけど、使う？」

現が使っている入浴剤？　と気になりそっちを向くと、個別包装された入浴剤をいくつか渡された。よくよく見れば、私もよく知っているメーカーの有名なバスソルトもあった。

「これ結構評判のいいバスソルトだよ。使わないの？」

そうなのか、と現が驚く。

「結婚式に出席したときとかにもらったヤツなんだけど、使うの忘れてて。気がついたらこんなに溜まってたんだ。使ってくれると嬉しい」

「じゃあ遠慮なく使わせてもらいます」

「うん。タオルと部屋着代わりの俺のTシャツとハーフパンツ、ここに置いておくから、ごゆっくり」

「ありがとう」

現が出て行ってから、貸してくれたTシャツとハーフパンツをチェックしてみた。

Tシャツは濃いグレーで胸にポケットがあるわりとざっくりしているもので、ハーフパンツは黒のジャージ素材。両方ともメンズものだけど、私でも問題なく着られそうだった。

お湯張りが終了したのを確認し、服を脱ぎ浴室に移動した。

髪や体を洗い終えてから浴槽に身を沈める。広いお風呂は手足が伸ばせて快適だけど、ここが現の部屋なのだと思うとどうも緊張してしまう。

――まだ何もしてないのに……もう緊張してどうするんだろう、私。

おそらく今晩、現とまたそういうことになる。わかってはいたけど、この後のことを考えるときゅんと下腹部が疼く。

お湯のせいなのか、現のせいなのかは不明だけど、だんだん体が熱くなってきた。

――で、出るか……

入浴を終え髪を乾かし、現から借りた服に着替えてリビングに戻ると、彼はソファーに座ってノートパソコンと向き合っていた。仕事だろうか。

「お風呂ありがとう、広くて快適だった。長々と洗面所占領しちゃってごめんね」

声を掛けると、パソコンから目線をこっちに移した現が、にこっと微笑む。

「いや全然。それより俺の服着てる十茂、可愛いな。なんか小さく見える」

「はは……もしかして仕事してたの？」

「少しね。俺も風呂入ってくるよ。その辺に座ってのんびりしてて？」

「うん」

現がバスルームに消えたあと、ソファーに座り周囲を見回す。

ソファーやテレビボードなどは黒で統一しており、カーテンはグレー。全体的に見ていかにも男性の部屋という感じがする。部屋の中はさっき片付けたからかもしれないけど、物が少なく綺麗に整頓されている方だと思う。

そういえば昔、現の実家にお邪魔した時も、彼の部屋を見て綺麗にしてるなって思ったっけ。

そのことを懐かしく思いながらテレビを観ていると、十分少々で現が戻ってきた。

「早いね」

私が驚いていると、現は「そうかな」と首を傾げる。

「いつも大体こんな感じだよ。湯船には長く浸《つ》からないから」

風呂上がりの現の格好は、私に貸してくれたようなざっくりとしたタイプのTシャツと、やっぱりジャージ素材のハーフパンツ。こうしてみると、なんだかペアルックのようで照れる。

「それより十茂、何か飲む？　といっても水か、十茂にもらったお茶かコーヒーくらいしかないけど」

「ハーブティーなら私が淹れるよ」

お邪魔しているのは私なんだし、それくらいはさせてもらわないと。

一緒にキッチンに移動すると、食器棚からポットを取り出しながら現が私を見る。

「いいの？　じゃあ頼んだ」

彼が手にしたそのポットはガラス製で、コロンとした円形のフォルムが可愛らしい。しかし男性の部屋にこれがあるのって珍しいのでは？　と思ってしまった。もらいものだろうか。

「もちろん。でもこんなポット持ってたんだ。買ったの？」

私が何気なく彼を見ると、現は特に表情を変えずああ、と小さく頷いた。

「会社でもお茶淹れてもらって飲んでるんだけど、家でも飲みたかったから秘書が買い出しに行くついでに買ってきてもらった」

秘書、という存在を、現の口から初めて聞いたような気がする。

聞いちゃいけないような気もしたけど、やはり気になってしまった。

「秘書さんっ……て女性？」

「そう。碇っていう二つ年下の女性。テキパキ仕事してくれるんで、かなり助かってるんだ。ハーブティーも美味しく淹れてくれるし」

「ふーん……」

――そうか、ハーブティーその人に淹れてもらってるんだ……

秘書さんがどんな感じの女性なのかはわからない。でも、現はその人を随分信頼してるっぽい。

そう思ったら、ほんの少しだけ胸がチクッと痛んだ。

「十茂？」

「……え？　何？」

急に名前を呼ばれ、一瞬の間を置いてから反応し、彼を見る。

「もしかして、碇のこと気にしてる？」

「えっ！」

今まさに碇さんのことで頭がいっぱいになっていたのを完全に見抜かれ、恥ずかしくて顔が熱くなってくる。

「やっ、その……そんなことないよ？」

小刻みに首を振って誤魔化すけど、現は可笑《おか》しそうに口元を緩ませている。

「十茂、意外とわかりやすいな。でも、好きな女性に嫉妬してもらうのって、こんなに嬉しいものなんだな」

「私はちっとも嬉しくないけどね……」

――どうせ私は、会ったこともないような秘書に嫉妬するほど心の狭い人間ですよ……

お湯を沸かしながらむすっとしていると、隣にいる現が私の体に腕を巻き付けてきた。

「そうやってむすっとしている顔も可愛いよ」

言ってすぐ、現が私のこめかみにチュッとキスをした。その途端、今度は違う意味で顔が熱くなってきて、急いでこめかみを押さえ現を睨み付ける。

「ちょっ……‼　嘘だ、むすったれた顔が可愛いはずない！」

私が断言しても、現は笑顔を崩さない。

「いや、可愛いって。というか、十茂はどんな顔をしてたって可愛いよ」

「かっ……‼」

——よくそんな台詞《せりふ》をサラリと……‼

驚きすぎて言葉が出てこない。

親にだって言われたことないようなことを言われ、嬉しいと言えば嬉しいけど、言われ慣れていないから恥ずかしくて素直に喜べない。

「そ……んなこと言うの現だけだからっ……」

「うん。俺以外の男に言われてたら腹立つ」

「ええっ⁉　あっ、お、お湯！　お湯沸いた！」

再度吐かれた甘い台詞に被《かぶ》せるように良いタイミングでヤカンがシュンシュンと音を立てる。

それに感謝しながら、沸いたばかりのお湯をポットに注ぐ。これで三分ほど置いて充分に色が出たら飲み頃だ。

「向こうで飲もうか」

「うん」

私達はポットとカップを持ってリビングに移動し、それらをテーブルに置き、並んでソファーに座った。

適当にテレビのチャンネルを変えてからリモコンをテーブルに置くと、現が改まって私を見る。

「さっきの話に戻るけど。碇のことは全く心配しなくて大丈夫だから。ある事情でね、彼女は俺を男として見てないから」

ある事情って一体なんなのか。そこが気になった。

「事情って、何？　話せないこと？」

「んー、まあそうだね。彼女にとっては大事な事だから。ごめん」

――ますますわからない……

でも根掘葉掘聞くのもなんか悪いので、それ以上は聞かなかった。

「わかった。あ、そろそろ三分経ったね。お茶飲もう」

ソファーから下りた私は床に膝立ちになり、いい感じに黄色い色が出たハーブティーをカップに注ぐ。今夜はもう寝るだけなので、ノンカフェインで鎮静効果のあるカモミールティーにした。

現にカップを渡すと、彼はすぐにそれを口にした。

「うん、美味しいね」

現が飲んだのを見届けてから、私もカップを手に取った。口元までカップを持ってくると、カモミールの独特な香りが鼻をくすぐる。

「この香り落ち着く。これ飲んだらこの後よく眠れそう」

私がこう言ってお茶を飲んでいると、隣にいる現が口を開く。

「この後すぐ寝るつもり？」

完全に気を抜いていたので、彼の呟きに驚いてお茶を噴きそうになってしまった。

「ちょ……ええ？」

口を手で押さえながら隣を見ると、カップをテーブルに置いた現がしてやったり、という顔をする。

「そんなわけないよな？　っていうか寝ようとしても寝かさないけど」

「え、えっと……」

カップをテーブルに置き、慌ててティッシュで口元を拭う。

まったりムードから一転、急に色気を醸《かも》し始めた彼にドキドキしていると、隣に座る現が私の腰に腕を回してきた。そのとき少しだけ、ピクッと体が震えた。

「今、ピクってなった」

ちょっとの振動でも意外と気付かれるものなのね。

「……うん、だって触られると緊張するから」

「俺もまだ十茂に触れるときは緊張するよ」

言われて何気なく現を見るけど、涼しい顔をしている彼が緊張しているとはとても思えない。

「いや、見えないけど。現は昔から、どんなときも平然としてるイメージだった」

いつも優しくて、何か言えばフワッと微笑んでくれて。よくよく思えば現が感情を乱したところを見たことがない。

だけど現は違う、と首を横に振る。

「そんなことないよ。俺だって人並みに緊張はするし、落ち込んだりもする。君にはそういうみっともないところを見せたくないから、必死で隠してるだけだ」

本心を知り、正直驚いた。でも、すぐにそんなのやめてほしい、と思った。

──私に気を遣ってくれるのは嬉しいけど、やっぱり私の前では素を曝《さら》け出してほしい。これからの人生を共に生きるのなら、そこはどうしても譲れない。

「隠さなくたっていいよ。私、現の全てを見たいし、知りたいから。全部出して」

すると現が真顔で私を見る。

「十茂……本当に？　出しても引いたりしない？」

「しないよ、当たり前でしょ。私ももっと現のこと知りたいし、私のことも知ってほしいし」

でも私、現の前でほぼ素を出してるんだけど……これ以上何を出せばいいのやら。

なんて思っていたら、腰に回された手に力が籠もりぐっと彼に引き寄せられた。

「嬉しいな。やっぱり俺、十茂のことをずっと好きでいてよかった。間違ってなかった」

その言葉だけで、充分嬉しい。

何か良い返しを、と言葉を探すけど、嬉しすぎてうまい返しが浮かばない。

「十茂」

優しい声音で名を呼ばれて何気なく顔を上げると、すぐに唇を塞がれた。

「んっ……」

唇を啄《ついば》むキスを何度か繰り返され、舌が差し込まれてキスが深くなる。それに伴い、私の体に現の体が覆い被さってきてソファーに背中から倒れ込んだ。

「は、あっ……」

舌を絡め取られ、彼のそれに自分の舌を絡めた。お互いに貪《むさぼ》り合いながらキスを繰り返していると唾液が溢れ、淫らな水音がだんだん大きくなっていく。

キスの間私のTシャツに忍び込んだ現の手は、ブラジャーの上から乳房を激しく揉んだ。

「……十茂、ブラジャーつけてたの？」

「そ、そりゃ……」

風呂上がりにノーブラとか、やる気満々っぽいし……

とは言えずにいたら、現が至近距離でクスッと笑う。

「でもすぐ外すけど」

そう言ったすぐ後、背中に手を回されパチン、とホックを外される。胸の辺りが緩んだと思ったら、現が私のTシャツとブラジャーを胸の上にたくし上げた。

「十茂、良い香りがするね。入浴剤の香りかな」

匂いを確認しながら、現が露《あら》わになった胸の先端に舌を這わす。

ざらりとした感触に体が敏感に反応し、ビクンと大きく腰が揺れた。

「あっ！」

「敏感で可愛い。こっちは？」

舐めていた方は指で弄りつつ、今度は反対の乳首を口に含んだ現は、ジュルジュルと音を立てて舐めしゃぶり、強く吸い上げた。

「ひゃあっ‼　あ……」

強い刺激にまた腰が浮き、体をくねらせる。胸への刺激だけでお腹の奥が締まって、蜜が溢《あふ》れ出すのがわかる。

——やだ、もう濡れてきちゃった。

恥ずかしくて、こっそり太股を擦り合わせる。

「……十茂、気持ち良い？　もしかしてもう濡れてきてる？」

――なんでわかるの。

片方の胸の先を舐め、もう片方は指で弄りながら、彼の目が私の反応を窺っている。その光景がとても色っぽくて、思いがけず情欲を煽《あお》られた。

「……っ、聞かないで……」

手の甲を口元に当て、その視線から逃れるように目を逸らす。

「ということは濡れてるんだ？」

現は私の反応を見つつ、胸を弄っていた手を止め、その手をハーフパンツの中に入れた。

ショーツのクロッチ部分を指の腹で往復し、その真ん中を強めになぞられると、胸先より強い刺激に「あっ」と声が漏れた。

「ああ、ショーツの上からでもわかるくらい、すごく濡れてる」

トロンとした目で私を見ながら、現の指がまたクロッチの中央を強めになぞってくる。

蕾の辺りで動きを止めると、そこをぐりっと強く押され、刺激が強すぎて頭が真っ白になった。

「あぁっ……‼」

背中を反らせて快感に喘ぐと、現は嬉しそうに口元を緩ませた。

「気持ち良さそうだね。じゃあ、直に触ったほうがいいかな」

私が肩で息をしながら軽く脱力している間に、ハーフパンツとショーツを手早く脱がされる。

「や、現‼　はやっ……」

「もっと気持ち良くしてあげるよ」

「え、ちょ、ちょっと待って」

私の制止を聞かず、彼は私の股間に顔を埋め、指で襞《ひだ》を広げながらその奥を舌でつつく。

「はあんっ……」

直に触れられ、たまらず声を上げた。

私の股間の辺りにある現の頭を手で押さえながら、浅い呼吸を繰り返す。

最初は舌先で突いたり、優しく舐められたりだった行為は徐々にエスカレート。ジュルジュルと音を立てて吸い上げたり、蕾を指で引っ掻くように刺激を与えられる。

「あっ、はっ……ああっ……」

絶え間ない刺激に、思考能力はほぼなくなっていた。

――いや、もう……っ、いっちゃう……っ……

「や、だめ……も、イくっ……‼」

喘ぎながらなんとか言葉を紡《つむ》ぐと、現が少しだけ顔を上げた。

「いいよ。気持ち良くなって」

そう言って、蕾を口に含んで一際強く吸い上げた。その瞬間私の中で何かが弾けた。

「んッ……‼」

一気に高まった快感から解放され、体からどっと力が抜けた。

「あ……はあ……」

「イッたね。ここ、すごく締まった」

現が私の中に入れた指を抜きながら、嬉しそうに微笑んだ。

さっきから私ばかり気持ち良くなってるけど、現はいいのだろうか？

「ねえ、現は？　あの……いいよ、挿れても」

ソファーの上で体を起こしながら、おずおずと現を窺う。

彼の股間もしっかり反応しているようだし、そろそろ私だけでなく、現にも気持ち良くなってほしい。

すると現がフッと笑う。

「いいの？　じゃあ……」

現は私の胸の上まで上がっていたTシャツを直してから立ち上がると、私の手を引き寝室へ誘う。

部屋の中央にはおそらくダブルサイズのベッドと、現が朝起きたときの状態のままになっている布団があった。

それを目《ま》の当たりにした瞬間、綺麗にベッドメイクされている寝室とは違い、あたりまえだけど生活感がすごく出ていてドキッとした。

「ごめん、雑然としてて」

ベッドの上の布団を直しながら現が苦笑するので、それに対してううん、と首を振る。

「全然気にならないよ。逆にドキドキした」

ベッドに腰を下ろし、彼に微笑みかけると、わからないという顔をされる。

「そういうものなのか？　よくわからないけど……十茂、万歳」

急に言われて戸惑いつつも素直に両手を上げる。すると、Tシャツと肩に引っかかっているだけだったブラジャーも一緒に脱がされ、あっという間に全裸にされた。

現は数秒身動きせず、じっと私の体を眺めていた。それが恥ずかしいし、時間が長くなるとだんだん不安になってきて、つい視線を泳がせる。

「な、何？　どこか変なところとか、ある……？」

思い切って聞いてみたら、現が「はっ！」と声を出して笑った。

「あるわけないだろ。綺麗だなって思って、見とれてた」

「現は口がうまいんだから……」

照れる私をよそに現が着ている物を手早く脱ぎ捨て、避妊具を装着して覆い被さってきた。

「こんな恥ずかしいこと十茂にしか言わない」

少し恥ずかしそうな顔をしてこう呟いた現に、指を絡めてぎゅっと手を握られる。

「うん……」

後に擦り始めた。

──私だけって、いいな……

唇を触れ合わせ、二、三度啄まれると、現は固くなった屹立を私の股間に当てゆっくりと前後に擦り始めた。

「あっ……！」

挿れられているわけじゃないのに、擦られるだけで気持ちがいい。

「や、なにッ……これ……！」

「ん……？　挿れてほしい？」

前後にぬるぬると屹立を擦りつけながら、現が聞いてくる。

──これはこれで気持ちいいけど……挿れてほしい。

それに対して素直に、うん、と頷いた。

「現が……現が欲しい」

現の顔に手を伸ばすと、彼はその手を取り、自分の頬にあてた。

「十茂。愛してる」

甘い声でそう言って私の手にチュッとキスをされ、胸が大きく高鳴った。

「──私も、愛してる」

私も今の気持ちを素直に伝えると、一瞬だけ表情を緩めた現は擦り合わせるのを止め、やや性急に私の中に押し入ってきた。

「んんっ……」

彼の存在感の大きさに吞まれそうになり、浅い呼吸を繰り返す。現は全てを私の中に沈めると、円を描くようにゆっくりと私の中を探っていく。

「……っ、十茂……」

彼はしばらく目を閉じ数回呼吸を繰り返してから、ゆっくりと抽送を始めた。

初めは蜜を纏わせつつ奥まで挿れ、腰を退いて浅いところに擦りつけたりを繰り返す。そしてだんだんと速度をつけ、私を追い立てていった。

「あ……んっ……！」

「十茂、愛してる」

腰を掴まれて激しく奥を突かれると、お腹の奥がキュンキュン疼いて、現に対する愛しさが募る。

そんな私の気持ちいい場所を知っているのか、奥のある一点を突かれた瞬間、大きな快感に襲われビクン！　と腰が跳ねた。

「あっ！　そこっ……」

「ここ、気持ちいい？　じゃあもっと」

「え、あ……っ、ああァッ‼」

戸惑っていると、その気持ちのいい場所を何度も突かれ、絶え間ない快感が体中を駆け巡った。

――やっ……そこ、いいっ、気持ちいいっ……

突き上げられながら、快感に悶え体を捩らせる。そんな私を、現の熱いまなざしがずっと捉えて放さない。

――現……好き、大好き……！

握られた手をぎゅっと強く握ると、現が強く握り返してくれた。

「はッ……、あ……」

しばらく私を揺さぶっていた現の表情が、次第に苦しげに変わっていき、絶頂が近いことを悟った。

「十茂……っ、そろそろ……」

玉のような汗を滴らせる彼を綺麗だな、と思いながら、握っていた手を解いて現に手を伸ばす。

「うん……いいよ……」

彼の首に手を回すと、現も私の背中に腕を回し、抱きしめられながら激しく突き上げられる。

パン、パン、という腰と腰がぶつかり合う音の感覚が徐々に狭まり、それに伴いまた絶頂の足音が近づいてきた。

――くる……きちゃう……‼

「ああっ……んっ……‼」

現の体にしがみついたまま、ぎゅっと目を閉じて体を震わせると、彼の体も同じようにガクガクと大きく揺れた。

「っく……、はっ……」

現の吐息が混じった声が耳元で聞こえた後、私達は二人抱き合ったまま脱力した。

「……は……」

「待って。まだ……いて……」

まだ肩で息をしながら、現がすぐに上体を起こして屹立を引き抜こうとしたのだが、私はそれを止めた。

なんとなく、まだ繋がっていたかったから。

「……うん」

私の希望を聞き入れてくれた現は抜くのを止め、繋がったままで何度かキスをした。

現はそのあとも何度か私を抱いたが、ずっと優しかった。体は疲れたけど、心は現で満たされ、とにかく幸せな夜だった。

彼の隣で朝を迎えた私は、コーヒーを一杯ご馳走になってから現に家まで送ってもらうことにした。

「もっとゆっくりしてから職場に直接行けば？」

現はそう言ってくれたのだが、着替えをせずに出勤はさすがにできない。

「店長に昨日と服装が同じだってバレたら、絶対からかわれるからやだ」

コーヒーを飲み終えカップを洗っていると、現も空いたカップを持ってキッチンにやってきた。

「そんなこと気にしなきゃいいだけだと思うけどな。店長には付き合ってるヤツがいるって、言ってあるんでしょ」

「……あるけど。でも早く起きたし、時間もあるならやっぱ帰って着替えたい……」

「はいはい。わかりました」

私を見てクスッと笑う現は、まだTシャツとショートパンツ姿で髪も整えていない、ラフな格好。

これがあの、パリッとしたスーツイケメンに変わるのだと思うと、せっかくだからその過程を見てみたい。

などと思うのは自然な流れだと思うのだが、どうだろう。

「現……着替えるよね？　スーツ、着るよね？」

「……うん、着るけど」

「じゃ、着替えてきて！」

「？　うん」

わけがわからないという顔をしながら寝室に行った現は、数分後、髪形以外はぱりっとしたスーツイケメンに変身を遂げ寝室から出てきた。

今日のスーツはダークなグレー。ネクタイはまだしておらず、首に引っかけているだけだが充分格好いい。

――ラフな姿も素敵だけど、やっぱりスーツ素敵。

こんな素敵な男性が自分の恋人だと思うと、なんかもう胸がいっぱいで何も言えない。

「現……スーツ似合うわー、素敵」

「……それ本心で言ってる？」

現はどうやら私にからかわれていると思っているようだ。なんで伝わらないかな、こんなにときめいているのに。

用意を済ませた私達は、彼の車で私のマンションに向かった。

「これからは頻繁にうちに来てくれていいから、今度着替えとか持って来なよ」

現の気遣いに感謝しながら素直に頷いた。

「ありがと……そうさせてもらう。あ、そうだ。うちの鍵なんだけど、もしよかったら現に持っててほしいんだけど……」

バッグの中から鍵を取り出しながら、おずおずと尋ねる。

「いいの？」

現の顔がパッと明るくなったところを見ると、どうやら喜んでくれているようだ。

「うん、私が遅番の時とか、もし現の方が早く終わったら私の帰りを待たずにうちに来ててくれていいし。持っててくれると嬉しい」

「そう？　じゃあ遠慮なく。俺も次に会うときに鍵渡すよ」

「うん、ありがとう」

鍵を渡す、なんて言ったら重たいかなって思ったけど、意外にも現はすんなり受け取ってくれた。そのことに少しホッとしながら、私も彼の鍵をもらえるという事実が私を幸せにする。

私のマンションに到着し、彼にお礼を言ってから車を降りようとすると、現が私の二の腕を優しく掴む。

「一緒に過ごせて楽しかった」

柔らかく微笑む現にきゅんと胸が疼く。

別れ際にこんなことをされては、離れがたくなってしまうのに。

「……私も楽しかった。じゃあ、またね」

別れがたい気持ちをグッとこらえ、私の二の腕を掴む彼の手に軽く触れてから車を降りた。すぐに振り返って現に手を振ると、彼はそれを見てから静かに車を発進させ、去って行った。

それを見届けた私は、幸せな気分を持続させたままで自分の部屋に向かう。

──今別れたばかりなのに、もう会いたいなんて。私、相当現のこと好きだな～……しみじみ思いながら自分の部屋の前に立ち、鍵穴に鍵を差し込む。その瞬間、ガチャという音とともに隣の部屋の扉が開いた。

ほぼ無意識でそちらを向くと、スーツに身を包んだ隣人の小田さんがこっちを見ていた。

──あっ‼

思わず目を見開いたまま固まってしまう。

「おはようございます……朝帰りですか」

じとっとまとわりつくような視線を送ってくる小田さんの、得体の知れない不気味さに背中が冷やっとする。

だけどずっとこのまま固まっているだけではまずい、私も何か言わなくては……と、必死で頭を働かせた。

「お、おはようございます、早いですね」

これくらいしか思い浮かばず。

現在時刻は朝の六時半ごろ。ぽつぽつ出勤する人もいるが、私が知る限り小田さんはもっと遅い時間に出勤していたので、すっかり会わないだろうと思い込んでいた。

すると小田さんは一旦視線を正面に戻し、鍵を掛ける。

「今日は早出なんです。それより砂子さん。僕、あなたに謝らなくてはいけないと思っていたんです」

「え？　謝るって……」

小田さんが改まって私を見る。

「会ってすぐプロポーズしたことです。いきなりあんな怖がらせるようなことをしてしまって、申し訳ありませんでした」

やや早口でこう言うと、小田さんは私に頭を下げてくる。

まさか彼がこんな行動に出るとは露程《つゆほど》も思っておらず、ぽかんとしてしまう。

――うっそ……謝ってくれた……

「え、いやあ、あの……はい……」

「よかった。許してもらえないかと思ってたんで……」

頬を緩ませ、ホッとしたような隣人のこんな顔を、初めて見た。

「い……いえ、そんなことは。じゃあもう、あの件に関しては忘れますので……」

私も必死で営業スマイルを作ると、小田さんが「あの」と続ける。

「今後は普通に隣人として、よろしくお願いします。では……」

ぺこっと一礼して、小田さんは私に背を向け歩いて行ってしまった。

私は鍵を鍵穴に差し込んだまま、彼の背中を視界から消えるまでずっと目で追った。

「……ほ、本当に？」

今起きた出来事は夢なのではないかと疑い、頬をつねってみる。うん、痛い。

自分の部屋に入った私は、荷物を床に置くとそのままベッドに倒れ込んだ。

ここに引っ越して来てからずっと、隣の部屋を意識する日々が続いていた。自分の部屋なのに音を立てないようにしたり、気持ちが落ち着かないことも多かった。でも、そんな日々はもう終わりなんだ。

――よかった……

まあ、若干の気まずさは残るけど、これまでに比べたら全然良い。

激しく安堵した結果気が抜けてしまい、しばらくベッドの上から動けなかった。

職場に出勤した私は、休憩の時間を利用して、恵美に今朝起きたことをメッセージで送ってみた。

恵美からは【よかったね！　私も安心した】というメッセージが返ってきた。それを見て、私の頬も緩む。

――恵美や晴樹にも心配掛けて、本当に申し訳なかったな……

しかしそれ以上にもっと世話になっている人がいる。現だ。彼にもいち早く朝起きた出来事を話したいけど、きっと現も忙しいだろうからメッセージだけ送っておいた。すると、一分とかからないうちにメッセージが返ってきた。

【本当に大丈夫なの、それ】

恵美とは違い、現はまだ安心するのは早いと思っているようだった。

——本当に大丈夫……かなあ？　そう言われると自信ないんだけど……

確かに会ったその日にプロポーズしてくるような人が言ったことを、すぐにそうですかと信じることは難しいのかもしれない。

でも考えが甘いと言われそうだけど、私としては隣人を信じたい。あれを嘘だとか冗談だとは思いたくない。というのは、以前のような状態に戻りたくないだけなのかもしれないが。

だけど現が心配してくれる気持ちは有り難いし、用心に越したことはない。

なので現には【多分……でも、まだ気を抜かないでおく】とメッセージを送った。

多分をつけるところに私の自信のなさが現れているな～と思っていると、すぐに返事が返ってきた。

【引き続き気を付けて。今晩そっち行くから】

メッセージにはそう書かれていた。

ついでに今日は遅番だから帰りが遅いとメッセージを返したら、早速合鍵を使わせてもらうと返事が来て、つい顔がニヤける。

——いかんいかん、この後すぐお客様がいらっしゃるのに。

隣人のこともまだ気にはなるが、また今夜も現に会えることが嬉しかった。

店を閉めた後、店長と他のスタッフ数人とミーティングをして、帰路に就いたのは午後九時半過ぎ。

現に今から帰るとメッセージを入れると、現も今日は所用があってまだ外にいたらしく、これから私のマンションに向かうと連絡が入った。

「了解っと」

手早く返事を送った私は、早足で自分のマンションに帰った。

自分の部屋がある階に到着し、鍵を出そうと鞄の中に手を突っ込んでいると、いきなり私の部屋の手前のドアが開いたのでビクッとした。

開いたドアから顔を出したのは、小田さんだ。

「あっ……こ、こんばんは」

鞄の中に手を突っ込んだままで挨拶をすると、小田さんもにこりと微笑む。

「こんばんは。砂子さん、今帰りですか」

「はい……」

昼間は彼が言ったことを信じたいとか思ってたくせに、いざ対面するとそんな気持ちはガラガラと音を立てて崩れていく。

――やっぱり、まだ会うと怖い。

だけど私のそんな気持ちなど知らず、小田さんは笑顔を崩さない。

「ちょうどよかった。砂子さんに届け物をしようと思っていたんです」

「届け物……？　なんでしょう」

「日本海の近くにある僕の実家から海鮮が送られてきたんです。一人じゃ食べきれないので、砂子さんにお裾分けを、と思いまして」

「そ……れは、どうもありがとうございます……」

嬉しいよりもどっちかというと困るような。だけどいりませんとも言えない。

心の中でダラダラ汗を掻いていると、小田さんが「そうだ」と言って私を見る。

「僕、魚捌《さば》けるんで、今うちで刺身《さしみ》食べていきませんか？」

言われた瞬間、雷に打たれたような衝撃が体を走った。

「は、はいいい？　今、ですか⁉」

「そうです。魚は新鮮じゃないと美味しくないので」

ケロッとしている小田さんに、そうじゃないと突っ込みたくなる。

——もう夜遅いし家に上がるとか死んでも無理なんですけど！　それにこれから現もうちに来るし、それどころじゃないって！

ここは勇気を出して断るしかない。

「すみません、お気持ちは嬉しいんですけど、今夜はもう遅いですし。それに私も疲れていてあまり食欲がないんです。なので……」

顔は笑顔のままで、なるべく穏やかに断ろうと試みる。だけど私が断るとわかった瞬間、小田さんの表情は一変した。

「……断るんですか」

さっきまで穏やかに微笑んでいたのが嘘のように、彼の顔から表情が消えた。その急な変化にまた背中が冷やっとする。

焦ってしまい何を言ったらいいのか全く浮かんでこない。それと同時に、この状況でなぜか過去にニュースで見たことのある記事が頭に浮かんでくる。

【交際を断られ逆上、相手を斬《き》りつける！】【隣人トラブルで相手を殺傷！】

――え、なんで……なんで今、これ出てくるかな……

よく考えたら、私、かなりピンチなのでは。となると下手に相手を刺激するのは危険すぎる。

――ヤバい……ど、どうすれば……でも部屋に上がるのは絶対イヤだ……

現の言葉が頭をぐるぐる巡る中、私は戦々恐々《せんせんきょうきょう》と小田さんを見る。

「……っあの、こんな時間に男性のお宅に上がるのは、やはりあまりよろしくないと思うんです。なので、本当に申し訳ありませんが……」

私がこう言うと、それまで能面みたいだった小田さんの顔に、一瞬笑みが戻った。

「……それもそうですよね、夜遅いですし。じゃあ、魚持って来ますんで、ちょっとここで待っていてくれますか」

「あ、はい」

小田さんの部屋のドアが一旦閉まり、なんとか部屋に上がらずに済んだことに安心する。

――でも早く帰りたい……現がもう来るかもしれないのに……

ため息をつきながらその場に立ち尽くしていると、再び小田さんの部屋のドアが開いた。

「お待たせしました。じゃあこれ……」

そう言いながら、小田さんはなぜか異様にゆっくりと魚の入ったビニール袋を私に差し出す。

――この動きは……何……？

「ありがとうございます……」

何かが変だ、と思いつつビニール袋を掴んだそのときだった。小田さんが、ビニールを持っていない方の手でいきなり私の手首を掴んだ。

「っ‼　な……」

「捕まえましたよ。もう離さない」

ニヤッと気味の悪い笑みを浮かべた小田さんに、背筋がぞわっとした。

「は、離してください‼」

身の危険を感じ、力一杯腕を振り払おうと試みたが、小田さんは離してくれない。それどころかまた強い力でぎゅっと握られてしまい、痛さに顔をしかめた。

「痛っ……！」

「あなたが悪いんですよ。すぐ逃げようとするから」

悪びれずに淡々としている小田さんを、私はきつく睨み付ける。

「朝、謝ってくれたじゃないですか、あれは嘘だったんですか⁉」

「嘘じゃないです。いきなりプロポーズしたことを謝りました。でも、結婚を諦めるとは言っていませんよ」

私の体に、雷のような衝撃がまた走る。

「嘘！　普通に隣人としてよろしくって言ったじゃないですか！」

「隣人という事実は変わりませんし。そう言っておけば砂子さんの、僕に対する警戒心が緩むと思って」

「ひど……っ、騙《だま》したんですね⁉　最低‼」

感情にまかせて声を荒げたら、小田さんの顔が険しくなる。

「最低はどっちですか‼　僕がプロポーズしてるっていうのに、しょっちゅう男連れ込んで！しかもこの前なんか、部屋の中で、イ、イヤラシいことまで……‼　ふしだらだ‼」

「えっ‼」

言われた瞬間、この前の現との情事を思い出し、カッと顔が熱くなった。

――ということはこの人、この前のアレを……聞いて……

そのことを理解した瞬間、恥ずかしさはマックスに達した。それにプラスして今度は怒りも込み上げてきて、私ももう感情を抑えられず、怒りに震えながら相手を睨んだ。

「酷い‼ 聞いてるなんてもっと最低‼ へ……変態っ‼」

私に変態呼ばわりされた小田さんは、顔を引き攣《つ》らせた。

「なっ……聞いたんじゃない、聞こえたんだ！ み、耳を澄ませたら……」

気まずいのか私から視線を逸らしながら、小田さんがもごもごと言い返す。

「澄ませてるじゃない！ し、信じられないっ……もう、いいかげん離して‼」

「手を離したら絶対逃げるだろう⁉ 今日こそ……今日こそは、僕の気持ちをしっかり伝えて、結婚についてもう一度真剣に考えてもらいたいんだ……‼」

「……っ、何、言って……」

──この人、全然諦めてなかった！

私はどうなってしまうのだろう、という不安と恐怖が入り交じり手が震え出す。するといきなり小田さんに強く手を引っ張られ、私は体ごと彼の玄関の中に引っ張りこまれてしまう。

「あっ……‼」

ずっと体でドアを押さえていたので、押さえるものがなくなったドアは勝手に閉まろうとする──が。なぜかドアはあと一〇センチ、というところで止まった。

なんで？ と不思議に思っていると、ドアと玄関の隙間に黒い革靴が見えた。

――もしかして。

息を呑んで見守っていると、隙間から現が体を滑り込ませてくる。

「現っ……‼」

現がいいタイミングで来てくれたことに心底ホッとして、泣きそうになった。

「十茂‼　こんなところで何やって……」

そう言いながら玄関の中を覗いた現は、しっかりと私の腕を掴む小田さんを見て、顔色を変えた。

「……おい。手を離せ」

そう言いながら、現が小田さんの手を掴み、私の腕を振りほどかせた。

これまでに聞いたことがない現の低い声に、小田さんはおろか私までビクッとする。

「なっ……なんなんだよ、あんた！　いきなり人の部屋に入ってきて。不法侵入だぞ‼」

「俺は彼女の婚約者なんだから、助けるのは当たり前でしょう。不法侵入とか言う前に、あんたがしてることはなんなんだ。人の彼女部屋に引っ張り込んで、これ、拉致《らち》しようとしたって言われてもおかしくない状況だろ」

現に指摘された途端、明らかに小田さんが狼狽《ろうばい》する。

「らっ……⁉　そんな、僕はそんなつもりは……」

目を泳がせ始めた小田さんに、現が大きくため息をつく。

「彼女の事を好きになるなとは言いません。でも、彼女震えてましたよ。好きな女性をここまで怖がらせて、あなた本当に満足ですか？」

さっきまで掴まれていた腕を擦っていると、現の言葉にハッとなった小田さんが私を見て青ざめる。

「あ……あの……」

「彼女に謝ってください。それと、もう二度とこういったことはしないと約束してください」

毅然とした態度で小田さんと対峙《たいじ》する現の後ろで、私は息を潜める。果たして小田さんがどういう態度に出るのか、今のところ全く読めない。

だけど警戒する私の心配をよそに、小田さんはしゅん、としながら私に頭を下げてきた。

「こ……怖い思いをさせてしまい、申し訳ありませんでした……っ」

「それだけですか？」

言葉が足りない、とばかりに現がぴしゃりと窘めると、すぐに小田さんが言葉を付け足す。

「もう二度とこういったことはいたしません……っ!!」

「本当ですね？　今後また彼女に何かするようであれば容赦しませんよ。いいですね」

私の顔と現の顔を交互に見てから、小田さんは観念したようにがっくりと項垂れ「はい」と言った。

「あ……あの……小田さん……」

「もういいです、行ってください。僕は犯罪者にはなりたくない……」

小田さんは私達に背を向け、部屋の奥へと歩いて行った。私は現に促され、彼の部屋を後にした。

自分の部屋に入った瞬間気が抜けて、思わず床にぺたんと座り込んだら、現が私の隣に座り、優しく背中を撫でてくれる。

「エレベーター降りて歩いてきたら、ちょうど十茂の体が部屋の中に引っ張り込まれるところで。急いで閉まりかけたドアに足を突っ込んだんだ。マジで焦ったよ」

さっきとは打って変わり弱々しい現の声に、申し訳なさが募って胸が苦しくなる。

「ごめん……‼ 現に気を付けろって言われてたのに……謝られたことで、少し気を許してたかもしれない……」

でもそれも結局私を欺《あざむ》くための嘘だったわけで。そんな彼の策略にまんまと乗せられてしまい、悔しさが残る。

「十茂」

名前を呼ばれて現を見ると、真剣な顔で見つめられドキッとした。

「彼は謝ってくれたが、やっぱりここはなるべく早く引っ越したほうがいい」

「でも……」

「俺のマンションで一緒に暮らそう」

「えっ……！」

彼の申し出に胸がときめく。しかし気持ちは嬉しいが、迷惑ばかりかけて彼に申し訳なくてすぐに頷けない。

そんな私の気持ちを察してか、現が優しい視線を送ってくる。

「心配なだけじゃなく、どっちかと言えば俺がもう十茂と離れるのはイヤなんだ。すれ違うのももうごめんだ」

「現……」

「そのかわり俺のところに来たら、何があろうともう絶対離さない。君にその覚悟があればだけど？」

綺麗な顔で微笑まれてそんなことを言われたら、はい、としか言えない。

「あるよ……そんな覚悟、とっくにできてるけど……うっ！」

言い終える前に強く抱きしめられてしまい、変な声が出てしまった。

「嬉しい。十茂、愛してる……ずっとずっと大切にする」

「うん……私も、現を愛してる」

現の胸に顔をぴったりくっつけ、私も彼の体を抱きしめ返した。

今の今まで恐怖で震えていた体が彼に包まれ、日だまりの中にいるような気持ちになる。

——さっきあんなことがあったばかりなのに、今はこんなに幸せでいいんだろうか。

「これからは一番近くで俺のこと見てて。俺も君を見てるから」

「うん」

「十年離れていた分、取り戻さないとな」

現が私の耳元でぼそっと囁いたその言葉には、同意しかなかった。

第八章　噂の碇さん

引っ越して半年も経たないうちに、また引っ越しをすると家族に話したら、案の定、激しく驚かれてしまった。

小田さんの件は話そうかどうしようか悩んだが、ありのままを話したら家族が衝撃を受けそうな気がした。なので、やんわりと「隣人となんとなく合わない」くらいにとどめておいた。

それでも弟が実家に戻ってこい、と何度も電話を掛けてくるので、これは直接話をしないと埒《らち》があかないと思った私は、現を連れて実家に帰った。

家族全員が揃《そろ》った実家で、妹二人は現のイケメンぶりに圧倒され、十年前のことが頭にある弟は怯《おび》え、両親だけが平常心で彼を迎え入れた。

我が家のダイニングテーブルに家族全員が着席すると、すぐに現が本題に入る。

「十茂さんと結婚を前提にお付き合いをしています。どうか一緒に住むことを許可していただけませんか」

家族に頭を下げてくれた現に対し嬉しい気持ちがある反面、家族がどう反応するかが不安だった。

ハラハラしながら状況を見守っていると、父は穏やかな表情を崩さずに「よろしくお願いします」と言ってくれた。その瞬間家族の緊張が解け、張り詰めたような雰囲気が一気に和《なご》やかになる。

ちなみに十年ぶりに現と再会した弟は、話が落ち着いたところで改まって現に謝っていた。

「十年前、大変失礼なことばかり言ってしまい、今更ですが申し訳ありませんでした‼」

床に頭を擦りつけながら頭を下げる弟に、現は優しかった。

「とんでもない。あのときはこっちもいきなり来て驚かせてしまって、申し訳ありませんでした。それにお姉さんを心配する気持ちがよく伝わってきました。こんなに弟さんに思われて、十茂さんは幸せだと思います」

そう言って微笑む現を前に、弟は照れ、恐縮しまくっていた。

しかしひとしきり謝り終えたところで、弟はどうしても気になることを一つだけいいですか、と現に尋ねた。

「あれから十年の間に一人くらい付き合った女性いるんじゃないですか？　いくらなんでも、ずっと姉の事だけを思っていたなんてことは……」

弟が身を乗り出して現に迫る。これに関しては皆が気になるらしく、全員黙って現の返事を待っていた。もちろん、私もだけど。

砂子家からの圧がすごい中、現は可笑しそうに笑い出した。

「いや。本当にいないんです。この十年、女性とは何も無かったので」

「……デートしたりもなかったんですか？」

ずっと黙っていた上の妹が尋ねると、現はきっぱり「無いです」と答えた。

「自分でもなぜなのかはよくわからないのですが、多分僕は十茂さんしか愛せないんだと思います。それくらい、他の女性には全く目が向かなかった」

そう言い切る現に、家族の口からは「ほお……」と感嘆のため息が漏れる。

「それは……すごいわね……」

「お姉ちゃん、めっちゃ愛されてんじゃん……いいなあ」

母と上の妹が感心しながら呟く。

「……う、うん……」

嬉しいけど、家族全員がいる前でそんなこと言われたら、めちゃくちゃ照れる。

だけど現の発言を一番喜んだのは、意外にも弟だった。

「楠木さんなら姉を絶対大切にしてくれますね！　よかった……」

弟がホッとした様子で笑顔になると、現も笑顔になった。

「絶対大切にします。生涯を掛けて」

その言葉に、この場にいる女性と弟が骨抜きにされた。

そんな現の対応に弟はすっかりほだされて、帰りの際、早速現のことを「お義兄《にい》さん」と呼んでいた。いくらなんでも懐《なつ》くのが早い弟に家族は皆、笑っていた。

家族の承諾も得た事だし、私は安心して現のマンションに引っ越すことにした。

必要ない家電などは実家にあげたり、職場の同僚に譲ったりして、さらに身軽になった私は、空っぽになった部屋を確認してから、現と一緒にマンションを後にした。

あれから小田さんとは二回くらい顔を合わせたけど、なぜか私の顔を見た瞬間、彼は顔を引き攣らせて逃げるように行ってしまった。

そんな彼に対し、逃げたくなるほど怖い思いをしたのは私の方なのにと、解《げ》せない気持ちでいっぱいだった。

現の部屋への引っ越しが完了すると、すぐに職場と渡会夫妻にも報告した。

勤め先の店長からは、状況が短い間に変わりすぎでしょと驚かれ、恵美と晴樹には『おめでとう』と言ってもらえた。今度、現を交え彼らと一緒に食事をする約束もした。

とりあえずいろいろなことが順調に進んでいたある日、早番で仕事を終えた私は、初めて現の会社に行った。

彼の会社がどこにあるかは地図アプリで確認していたが、中がどんな雰囲気なのか、どんな人達がそこで働いているのかは見てみないとわからない。現から話では聞いていたものの、実際に見たことがなかったので、一度行ってみたかった。

現と約束した時間に間に合うようにビルの中に入ってみると、想像していたよりもその規模の大きさに驚いた。

オフィスビルの二フロアを占有している現の会社は、自動ドアを抜けると会社名を象《かたど》った白いロゴがオブジェのように並ぶ。その脇にあるモニターには自社製品を紹介する映像が常に流れており、行き交う社員とみられる人々も皆、表情が生き生きとしていた。

――わ、なんか……素敵な会社……！

入って正面にある受付にいた女性に現を呼び出してもらうようお願いをすると、すでに話は通っていたらしく応接室に通された。

正方形のテーブルを前にして緊張しながら現を待っていると「失礼します」と言ってお茶を載せたトレイを持った女性が顔を出す。

パンツスーツに身を包み、ロングヘアが印象的な背の高い綺麗な女性は、私の前にお茶を置いた後、私に名刺を差し出した。

「はじめまして。私、楠木ＣＥＯの秘書をしております、碇、と申します」

名前を聞いた瞬間、あ、と思った。

――碇さん！　この女性が……‼

驚きつつ、私も急いで立ち上がり、名刺を取り出し碇さんと交換した。

「はじめまして。砂子十茂《いさごとも》と申します」

私の名刺を興味深げに見て、碇さんはにっこりと微笑む。

「サロンにお勤めなんですね。もしよかったら今度、お店にお伺《うかが》いしてもよろしいですか？　私、肩こりが酷くて」

「ええ、是非！　お待ちしています」

碇さんはにこにこしながら私に座るよう促すと、自分もテーブルを挟んだ私の向かいに腰を下ろした。

「CEOですがもうじきこちらに参りますので。それより、ここからは個人的なお話ですが、私ずっと楠木さんの恋人である砂子さんに会ってみたかったんです」

「え？　私にですか？」

「はい」

変わらずニコニコしている碇さんに対し、頭の中に「?」が浮かぶ。

「あの。会ってみたかったとは、どういう……」

自分で言ってて、ハッとなる。

――もしかして、これって井上さんの時みたいなヤツ……？

ビクビクしながら碇さんの返事を待っていると、なぜか彼女はフッと笑って口端を上げた。

「もしかして、私が楠木さんのことを好きなんじゃないかとか、思われてます？」

「えっ‼　じゃあ……」

「全くもって、違います」

バシッと言い切った碇さんにあれっ？　と肩透かしを食らう。

「砂子さんは、楠木さん会社でどのように振る舞っているか、ご存じですか？」

急に話が変わったので、焦りつつ平常心を装う。

「会社でですか？　いえ、彼はあまり仕事の話はしないので……」

唐突になんだ？　と思いながら、碇さんの言葉を待つ。

「私は会社立ち上げ当時の彼のことは存じていませんが、その当時を知る人間は皆、口を揃えて彼の恋人は仕事だと言います。それくらい、彼は脇目も振らず仕事に邁進《まいしん》し、この会社をここまで大きくしたのです」

「……そ、そうなんですね」

確かにずっと仕事ばかりしてた、というのは現からも聞いているし、その通りなのだろう。

「楠木さん、あの通り見た目もよろしいからこれまでいろんな女性からアプローチを受けてきましたけど、どんな美人が言い寄っても彼は靡《なび》きませんでした。だから社員は皆、彼はよっぽど想っている人がいるのか、それか恋愛自体ができない人なのではないかと噂していたんです」

――やっぱりいろんな女性に言い寄られてはいたんだな……

それを知って、嫉妬をするというよりも妙に納得してしまった。だって、あの見た目で彼がモテないはずはないだろうから。

「そんな楠木さんが、このところ急にですよ。昼間にすごい勢いで仕事を片付けて、ほぼ定時で上がったり、コーヒーしか飲まなかったのにいきなりハーブティー飲み出したり！　これは絶対、女性の影響なんじゃないかって思ったんですよ」

──昼間にすごい勢いで仕事を片付け……？　あの現が……？

いつも淡々となんでもスマートにこなす現からはまったく想像がつかない実態に、正直言って驚いた。

「……ハーブティーは、確かに私があげたものですね」

「美味しそうに飲んでましたよ。ハーブティ飲むようになってから、夜の寝付きも良くなったって言ってましたし。そうすると仕事の効率も上がるらしくて、毎日調子良さそうでした」

言い終えると、碇さんがにっこり微笑みかける。

「だから、彼のこれまでの生活を一変させる力を持つ女性が、どんな方なのか知りたかったんです。楠木さんに聞いても全然話してくれないし。でも、会ってなんとなくわかりました。砂子さん、雰囲気が柔らかくて優しい感じがするので、一緒にいると癒やされるんだと思います。声も可愛らしいし」

「……え、そうですか……？　ありがとうございます」

──知りたい理由はわかったけど、それを知ってどうするんだろう……

などと思っていたら、碇さんがクスッとする。

「知ってどうするんだろう、とか思っちゃってます？」

見事に考えている事を言い当てられて、うぐっと詰まった。

「…………ええ、まあ……」

──なんでわかったんだろう……顔に出てたかな。

碇さんは長いさらさらの髪を耳に掛けると、身を乗り出し声を潜める。

「実は、オトしたい男性がいるんです」

「は？」

いきなり話題が全然違う方向に行ったので、キョトンとなる。

「その男性も楠木さんみたいに女性の誘いに靡《なび》かない人なので、どうしたらいいのか日々悩み中なのです。やっぱり疲れている男は癒やしに弱いのでしょうか？　砂子さん、どう思われます？」

首を傾げながら尋ねてくる碇さんに、何をどう返したらいいのか困惑する。

「い、いやあ……皆さんが皆、癒やしを求めているとは限らないと思うのですが」

「でもその人、楠木さんとタイプが似ているんですよ。仕事が詰まっていると寝食忘れちゃうような。だから砂子さんに会えば、何か攻略のヒントがもらえるんじゃないかって思ったんです」

「こ、攻略？　そう言われても……」

返事に困っていたら、ちょうどドアが開いて現が入ってきた。

「ごめん、待たせたね。碇、ありがとう。もう戻っていいよ」

そう言われた碇さんが、一瞬残念という顔をしたのを私は見逃さなかった。

「はい、では。砂子さん、お話しできてよかったです。ありがとうございました」

碇さんが立ち上がり私に一礼するので、私も慌てて立ち上がった。

「いいえ、こちらこそありがとうございました」

一礼した私に微笑みながら、碇さんがこの場から去ろうとする——が、ドアの前まで来ると「あ」と言って振り返った。

「そうだ、一つ言い忘れたことがありました。楠木さん、この前あなたに変なこと言った女性のところにわざわざ出向いて、かなりキツくお灸《きゅう》を据えたみたいですよ？」

碇さんは現に一瞬だけ視線を送ったあと、また私を見てニコッと微笑んだ。

その言葉の意味がすぐにはわからなくて「え？」と考え込む私。それとは対照的に、なぜか現が驚いた顔で碇さんを見る。

「碇……お前なんでそのこと……」

「申し訳ありません、うちのＣＥＯに何かあってはいけないと思いまして、こっそり後をつけました」

しれっとそんなことを言う碇さんに驚き、現が石のように固まる。

——え？　後をつけたって……何？　どういうこと？　話が見えない……

私が碇さんと現を交互に見ていると、現が額を手で押さえたまま声を絞り出す。

「……おい……‼」

「普段冷静なＣＥＯが、女性に対してあんなに感情を剥《む》き出しにするのを初めて見ました。よほど砂子さんのことを守りたいんだな〜って、微笑ましく思いつつ柱の陰から覗いてました」

「俺が出掛ける前にそんなようなこと言ってたけど、あれ冗談じゃなかったのか‼」

「見てました、しっかりと。最後、相手の女性が逆ギレして『二度とあんたの顔なんか見たくない！』って言われてるのも見てました。いやー、愛されてますね砂子さん」

「えっ？」

急に名前を呼ばれて碇さんを見れば、彼女は私に優しく微笑みかけた。

「ほんとに……羨《うらや》ましいです。それでは私はこれで」

ぺこっと一礼して、碇さんは部屋を出ていった。

シーンと静まり帰った部屋の中で、現と二人きりになる。

碇さんに色々暴露された現は、参った、と言わんばかりに頭を押さえて項垂れていた。

「もしかして井上さんに会ったの？　現、彼女に何か言ったの？」

私に知られることは想定外だったのか、現がため息をつく。

「いや……うん。また十茂を困らせるようなことをされては困るって、はっきり言ったんだ。最初は向こうも大人しく聞いてくれてたんだけど、途中から逆ギレされてね。で、さっき碇が言っていたような感じに……」

まさか現がそんなことをしていたなんて。

初めて知る事実に、私は口を開けてぽかんとする。

「……そんな、わざわざ言いに行かなくてもよかったのに」

「よくない。十茂を傷つけるヤツは誰だって許さない」

きっぱりそう言い切った現に驚き、言葉を失う。

でも、普段冷静な現がそんな行動に出たのは私の事を想ってのことだろう。陰で行動していたのには驚いたけど、本音を言えばやっぱり嬉しい。

――現ったら……そういうとこ、もっと私に見せてくれていいのに。

でも本人があまり言いたくなさそうなので、今日はあまり追求しない方がいいかな。

「……じゃあ、帰ろっか？」

苦笑しながら彼を見上げると、現は照れ笑いしながら頷いた。

現の会社を出て駐車場に行くまでの間の話題は、碇さんについて。

「碇さん綺麗な方だった～。背が高くてすらっとしてて。私、碇さんって現のことが好きなんじゃないかって思ったら、きっぱり違うって言われちゃった」

これには現も「ええ？」と顔をしかめた。

「前にも違うって言ったのに。碇が好きなのは俺じゃないよ。ただ、そいつは俺も知ってる男だし俺もかなり前から碇の気持ちには気付いてるんで、彼女はそれを利用しているだけだ」

「利用って？」

「ん｜……碇が同席してない接待のときとかに、その男に女性が言い寄ってなかったかどうかを後日彼女に報告したりとか……」

「彼女はその男性に片思いしてるってこと？」

聞き返すと現が頷く。

「彼女も俺と同じで、一度好きになるとよほどの事がない限り心変わりはしない。そのことにお互い気付いてからは、雇用主と従業員ではあるけれど、どこか同士みたいになってたな。彼女も俺の恋愛を応援してくれたし、俺も彼女の恋路を陰ながら応援してる」

「へえ～、なんかいいね。でもちょっと仲良すぎじゃない？　……妬《や》ける」

わざとらしく口を膨らませてじろっと睨むと、なぜか現の頬が緩んだ。

「妬いてくれるの？　嬉しいな」

——喜ばれたら、睨む意味ないんですけど……

困惑していると、急に手を握られギョッとした。けど、よく考えたらもうビルの外で私達を見ている人など誰もいない。

「もう、誰も見ていないから」

「……そうだね」

そう言って微笑む現につられて、私も彼の手に自分の指を絡め、ぎゅっと握り返した。

「今日も十茂には俺を癒やしてもらわないとな」

「うん、任せて」

そして私達は、同じ家に一緒に帰るのだ。

エピローグ

現と一緒に住むようになってから、どうしても行きたいところがあった。

それを話したら現はあまりいい顔をしなかったし、私も最近まで二度と会うことは無いと思っていた。でも、やっぱり会って話さないとどうにもスッキリしない。だから休日を利用して、現にそこへ連れて行ってもらった。

到着したのは、以前現と一緒に来た郊外にある大きなショッピングモールだ。

「本当に行くの？　何も今更行かなくたっていいと思うけど……」

「うん。ちょっとだけ話してくる。現は適当にぶらぶらしてて？　終わったら連絡する」

私が笑顔でこう言っても、まだ現は納得がいかないという顔をしていたが、渋々私の言うとおりにしてくれた。

事前に連絡を入れてシフトを確認したりはしていないので、彼女がいるかどうかわからなかった。でも、店内を覗くとすぐに彼女の姿を見つけることができた。

「井上さん、こんにちは」

私が声をかけたら、彼女は「なぜあなたがここに？」という顔をした。

「……砂子さん。なんで……」

「うん、話があって。ちょっとだけいいかな」

「ええ……」

井上さんが五分だけ休憩をもらえたので、私達は近くにあったベンチに移動した。するとすぐに彼女が不機嫌そうに口を開いた。

「楠木君から聞いたの？　私が彼に注意されて逆ギレしたこと」

言われるとは思っていたけどいきなりだよ、とこっちは苦笑する。

「……うん、まあ……でも彼は何を言ったとか、言われたとかは教えてくれないけどね」

「温厚だと思ってた彼があんな風に怒るなんて。意外だったわ」

はあ、とため息をついた井上さんに、思い切って聞いてみる。

「それより、なんであんな嘘ついたの？　すぐ嘘だってバレるのに……」

ベンチの背もたれに背中を預け、井上さんが私から視線を逸らす。

「……昔だけに止まらず、今も変わらず仲良くしてるのがなんか腹立たしくて。絶対バレるってわかってはいたけど、それでもあなたたちの邪魔をしたかった。それだけのことよ。ごめんね？　引っ掻き回して」

あんまり謝るっていう態度ではないけど、この人にとってはこれでも精一杯謝っているつもりなのだろう。私も蒸し返したくないし、これ以上何かを言う気にはならなかった。

「もういいよ……。あ、それとあと一つだけいい？　現はあなたに何を言ったの？」

こう質問すると、井上さんは体を起こして私を見る。

「あなたを悲しませるような言動は止めろって。だけど言い方がね……私が知っている温厚な彼じゃなかったからびっくりしたわ。だからつい、こっちもムキになって言い返しちゃった」

「……ど、どんな言い方なの？」

温厚な彼ではないという言葉が気になって、つい彼女に聞き返した。

「キツかったわよ。雰囲気もだけど目も据わっていて怖かったし……砂子さんは見たことないの？　彼のそういう一面」

彼女に言われて、小田さんと対峙したときのことを思い出す。あのときも確か現は、これまで聞いたことがないような低い声で小田さんをビビらせていた。ああいう感じなのだろうか。

「……あるといえばあるかな……」

すると井上さんが「びっくりしたわよ」と呟く。

「彼、あなたのことになると人が変わるみたいね。そんなに愛されて、前は羨ましいって思ってたけど今はもうそんなこと思ってないから。あそこまであなたのことを想う楠木君、ちょっと怖いって思っちゃったし。もう邪魔なんかしないから安心してよ」

井上さんがやれやれ、という顔をする。

「わかった。急に呼び出してごめんね？　多分もう来ないから安心してね」

別にやり返すわけではないが、彼女にこう言って笑いかけると、彼女は苦笑して「あ、そ。じゃあね」と自分の店に戻っていった。

ひと息つき、ベンチに座ったまま現に電話を掛け「終わったよ」と報告すると、彼はすぐに私の元へやってきた。

こんなに早く来るということは、もしかして。

「早くない？　近くにいたの？」

「実は、あの辺にいた」

そう言って現が指差したのは、私達が座っていたベンチからは数メートルの距離にあるアパレルのテナント。

「まさか、ずっと見てた……？」

疑惑の視線を送ると、現が苦笑する。

「そんな碇みたいなことするか。でも、何かあったら飛んでいけるよう準備はしてたよ。井上……大丈夫だった？　何か言われたりしなかったか」

「うん、大丈夫。現が豹変《ひょうへん》したのを目の当たりにして、もう邪魔する気もなくなったみたい」

にこっと微笑みながら言うと、現がばつの悪そうな顔をする。

「……俺もマズいと思ってはいるんだけど、どうも十茂が絡むと理性を失いがちというか……

あまりそういう姿を君に知られたくないんだよな、嫌われそうで……」

「嫌わないって。そういう面も隠さないで見せてくれていいのに。私、ちょっとやそっとじゃ現のこと嫌いになったりしないよ？」

「まあ、追々ね」

私達はクスッと笑い合ってベンチから立ち上がった。

十年も心の片隅にあった相手への気持ちは、そう簡単に消えたりなんかしない。

だから私達はこれから先ずっと一緒にいる。私はそう確信している。

あとがき

この本を手に取ってくださりありがとうございます。加地アヤメと申します。

ガブリエラ文庫プラス様で二冊目の本を刊行させていただくことになり、とても嬉しく思っています。ちなみにこの作品ですが、商業では十冊目（単行本の文庫化を除く）となります。自分の作品数が二桁になったことを嬉しく思いつつ、思っていたよりもここに到達するまでのペースが速かったことに驚く気持ちが大きいです。こんなに書いたのかーと自分の本を並べてある棚を見てしみじみしています。


今回のお話は、はじめての初恋ものです。しかしお話を頂いてからおおよその構想は決めていたものの、いざ書き始めるとこれが意外に難しくて……どこがと問われると詳しくは言えないのですが、なんとなくスムーズに進まなかったんです。

書いていて何度も手が止まり、「違う、こうじゃない」と全部書き直したい衝動に駆られ、でもそれやったら締め切りに間に合わなくなるのでやめて。こんなことを何度も繰り返していたので、余裕を持って書き始めたはずなのに振り返れば締め切りはすぐ後ろに……

かなり焦りながらの作業でしたが、それでもなんとか書き終えることができて今はとてもホッとしています。無事に終わって本当によかった。

作中のキャラに関してですが、ヒーローの現という男はこれまで私が書いてきたキャラの中でもかなりのこじらせ男子です。一歩間違えると変人っぽいので、これがヒーローで大丈夫かしらといまだにちょっと不安ではあります。十茂も結構こじらせてますけど、多分こじらせ具合は現の方が上ではないかと。よく、女性は過去の恋愛を引き摺ったりしない、むしろ男の方がズルズルといつまでも引き摺る……みたいなこと言いますよね。まさにそれです。

イケメンだけど初恋の女性を思いっきり引き摺るヒーロー、楠木現。彼は今、十茂を手に入れることができて幸せな毎日を送っていると思います。きっと彼らの新生活は、現が惚れた弱みで十茂の尻に敷かれまくる感じになるのではないでしょうか。

ちなみに作中に出てきた碇さんですが、わりとお気に入りのキャラなのでいつかどこかでまた出せたらいいなと密かに考えています。

そして今回、初めてあとがきが四ページもあります。実は私、これまであとがきは一ページしか書いたことがなく、今回もてっきり二ページくらいかと思い込み、事前の下書きは一ページちょっとしか書いてなかったんです。しかし担当様からのメールには四ページとあり頭が真っ白になりました。はっきり言って本編書くよりも悩みながら書いてます。

というわけで悩んだ結果、作品に関することをもう少し。

私の作品は結構料理が出てくるのですが、それは私が料理好きだからです。必要に駆られて毎日料理をしているのとは別に、ストレスが溜まると無性に料理をしたくなるので。でも最近は忙しくてなかなかじっくり料理する時間がとれず、それがまた悩みだったりするのですが。

ハーブやアロマなんかも出てきましたがそういったものも好きです。ハーブティーは花粉症の時期などに専門のショップで買ってきたものを飲んでますし、アロマは枕元に安眠ブレンドのスプレーを常に置いているので、寝る前にそれを枕付近にシュッとスプレーしてから寝たりしています。その方がよく眠れるような気がするので。

なのでこの作品を書いている最中マッサージに行きたいという欲求とずっと戦っていました。もろもろの作業が終わったら絶対行こうと思っています。


ここからはお礼を。

前作に引き続き担当様には大変お世話になりました。私はたまに素でボケをかますので、毎回ご迷惑を掛けていないかヒヤヒヤしています。今回もとっちらかった私の初稿をいい感じにまとめるアドバイスをくださり本当に感謝しています。

版元の担当者様にも大変お世話になりました。目を凝らしてチェックしたはずなのに、なぜあれだけの間違いが見つかるのか……本当にお手数をお掛けして申し訳ございませんでした。

今作のイラストを担当してくださったのは緒花先生です。以前から緒花先生がイラストを描かれた作品をいくつか拝見しておりましたので、今回自分の作品のイラストを緒花先生が描いてくださると知ったとき、それはもう嬉しかったです。素敵なイラストを描いてくださりありがとうございました。

最後にいつも作品を読んでくださる読者の皆様へ。

お陰様で商業デビューしてもう少しで丸四年になります。

熱しやすく冷めやすい私が今もこうして創作を続けていられるのは、読んでくださる方のお陰です。本当にいつも感謝の気持ちでいっぱいです。ありがとうございます。今後もマイペースで頑張ります。

それでは、また違う作品でお目にかかれることを心より祈っております。

加地アヤメ

一途なＣＥＯは２度目の初恋を逃《に》がさない　キャラクターデザイン：緒花

地味なOLの私ですがハイスペックな彼氏と同棲はじめました
Novel 加地アヤメ
Illustration えまる・じょん
ごめん。
でも我慢できない
インテリア好きＯＬの不破七生は、大家に急な転居を告げられ困っていた。そんな時、お気に入りのショップ従業員、能見伊吹が「彼女のフリをすること」を条件に、家具付き優良物件の紹介をもちかける。家具につられＯＫしてしまった七生を度々訪ね、誘惑する能見。「あなたが一番感じるところを見つけなくてはね」優しい彼の手で、七生は甘い悦楽を感じてしまう。一緒に住み始める二人だが、能見が実は社員ではなく社長だと知り!?
好評発売中！

イケメン俺様社長と愛され花嫁修業
Novel 池戸裕子
Illustration 八千代ハル
そんな表情をして俺を煽るな
結婚を急かす母達をごまかすため、レンタル彼氏を頼むことにした沙織。顔で選んだその彼、香山明良は、写真以上のイケメンで一流のオーラを放つ会社社長だった。気後れする沙織の前で香山は如才なく役目をやり遂げ、今度は沙織を彼女役としてレンタルしたいと持ちかけてくる。「今夜は我慢できそうにない」レンタルと言いつつ沙織に触れ、誘惑してくる香山。自分は香山に釣り合わないと思いながらも、彼への思いが募っていき―!?
好評発売中！

ガブリエラ文庫プラス
gabriella plus

MGP-051

一途なCEOは2度目の初恋を逃がさない

2019年11月15日　第1刷発行

著　者　加地アヤメ　©Ayame Kaji 2019

装　画　緒花

発行人　日向 晶

発　行　株式会社メディアソフト
〒110-0016　東京都台東区台東4-27-5
tel.03-5688-7559　fax.03-5688-3512
http://www.media-soft.biz/

発　売　株式会社三交社
〒110-0016　東京都台東区台東4-20-9　大仙柴田ビル2F
tel.03-5826-4424　fax.03-5826-4425
http://www.sanko-sha.com/

印刷所　中央精版印刷株式会社

加地アヤメ先生・緒花先生へのファンレターはこちらへ
〒110-0016　東京都台東区台東4-27-5 (株) メディアソフト
ガブリエラ文庫プラス編集部気付 加地アヤメ先生・緒花先生宛

ISBN 978-4-8155-2042-7　Printed in JAPAN